Herderbücherei

Band 1052

Über das Buch

In unseren Tagen hat die Heiratslust abgenommen, die Gefährdung vieler Ehen hat zugenommen. Immer häufiger sind es die Frauen, die sich nicht mehr auf Mann und Kinder einlassen oder aus diesen Bindungen ausbrechen, weil sie die Lastenverteilung als ungerecht empfinden. Auf welche Weise Mann und Frau im Alltag die Aufgaben teilen, ist heute mit entscheidend für das Gelingen einer Lebensgemeinschaft.
Die Autorin geht den Ursachen der Ehe-Scheu und der Zerbrechlichkeit der immer noch unentbehrlichen Gemeinschaft Familie nach und entwirft ein Modell ihrer zeitgemäßen Gestaltung in den verschiedenen Lebensphasen: vom kinderlosen Paar über die Kinderfamilie zur Gefährtenschaft zweier Senioren. Aus der eigenen Lebenspraxis wie aus langjähriger Tätigkeit beim Bayerischen Rundfunk und in der Erwachsenenbildung bringt die Autorin ermutigende Beispiele, auch für die Beteiligung der Kinder an der gemeinsamen Hausarbeit.

Über die Autorin

Anneliese Stölzl-Gumppenberg, in München geboren, Studium als Hauswirtschaftslehrerin, mit drei Kindern früh verwitwet, weitgespannte Mitarbeit in Frauen- und Familienverbänden, Vortrags- und Lehrtätigkeit, 22 Jahre freie Mitarbeiterin beim Bayerischen Rundfunk, in Elterngruppen und Volkshochschulen, Fachgebiet Familienbildung. Mitglied des Kuratoriums der Münchener Volkshochschule und des Vorstandes der Deutschen Liga für das Kind in Familie und Gesellschaft e. V.

Anneliese Stölzl-Gumppenberg

Das einfache Glück des Alltags

Zusammen leben – zusammen arbeiten

Herderbücherei

Originalausgabe
erstmals veröffentlicht als Herder-Taschenbuch

Herder Freiburg · Basel · Wien
Herstellung: Freiburger Graphische Betriebe 1983
ISBN 3-451-08052-4

FÜR H. W.,

Irmgard und Jean-Marie,
Christoph und Bettina,
Mechthild und Armin und viele andere,
die den Weg der Zusammenarbeit
vorausgegangen sind

Inhalt

TEIL III

Anstelle eines Vorworts

Was dieses Buch nicht ist:

- Es ist keine weitere Klage über die isolierte Kleinfamilie, die schuld an allen Schwierigkeiten von Müttern, Vätern und Kindern sein soll.

- Es ist keine weitere Klage über das Wohnen in dichtbesiedelten Großstadtvierteln und in den Betongebirgen der Hochhäuser, das vor allem schuld sein soll am Scheitern menschlicher Gemeinschaften.

- Es ist keine weitere Anklage gegen den Haushalt und die Hausarbeit gerichtet, die jahrelang die besten Kräfte der Mütter fesseln und ihre wahre Selbstverwirklichung verhindern sollen.

- Es ist aber auch keine weitere Aufforderung an die Mütter, sich mit der Geburt von Kindern lebenslang für den Rückzug in die vier Wände zu entscheiden.

- Es ist keine weitere Anklage an die Adresse der Männer und Väter gerichtet, die ihren Frauen nur selten hilfreich an die Hand gehen und sich zu wenig um ihre Kinder kümmern.

- Es ist schließlich keine Abhandlung, in wissenschaftlicher Sprache geschrieben und darum nur für eine entsprechend vorgebildete Schicht verständlich.

Was dieses Buch sein möchte:

- Es möchte ein Handbuch der Information für jedermann und jede Frau, vor allem für junge Menschen sein und setzt keinerlei Kenntnisse einer Fachsprache voraus – wohl aber die Bereitschaft umzudenken.

- Es möchte vor allem mit tiefsitzenden, alten Vorurteilen aufräumen, die Rollen von Mann und Frau, Eltern und Kindern betreffend.

- Es möchte eine Ehrenrettung für die ständig gescholtene Kleinfamilie und die in ihr trotz allem gegebenen Glücksmöglichkeiten bewirken.

- Es möchte eine Ehrenrettung für den Familienhaushalt und die darin tätige Hausfrau bewirken.

- Es möchte aber auch klarstellen, daß die Zukunft von Ehe und Familie weitgehend auf der Zusammenarbeit aller beruht, die unter einem Dach wohnen und an einem Tisch sitzen.

- Es möchte klarstellen, daß Menschen, vor allem Frauen, in aller Welt auch in Zelten und Blechhütten, in Iglus und auf Hausbooten ein Heim schaffen können.

- Es möchte klarstellen, daß das Glück nicht nur in der Veränderung der äußeren Verhältnisse zu finden ist. An erster Stelle muß die Sinnesänderung des Einzelnen stehen, aus der die Änderung seines Verhaltens erwächst. Mit gleicher Kraft die Veränderung menschenfeindlicher Umstände anzustreben, ist der nächste, notwendige Schritt.

München im Sommer 1983 *Anneliese Stölzl-Gumppenberg*

Teil I

Das große Unbehagen und die Sehnsucht nach dem einfachen Glück

Ein großes Unbehagen geht um. Es ist die bedrohlich verfahrene Weltlage, das Knistern im Gebälk der Wirtschaft, die immer mehr zerstörte Umwelt; dazu kommen die persönlichen Enttäuschungen, die keinem erspart bleiben – es ist, als ob man den Atem anhaltend auf irgend etwas warten müßte. So warten Millionen jeden Abend zur gleichen Zeit vor dem Bildschirm auf die Nachrichten; von den Enden der Erde her dringen Bilder aufregender Ereignisse, von Katastrophen, Verbrechen und Krieg bis in die letzte Wohnstube.

Wenn die gequälte Phantasie endlich hofft, durch einen Spielfilm auf freundlichere Gedanken zu kommen, sind deren Inhalte wiederum häufig konfliktgeladene Geschichten menschlicher Irrtümer, von Unglück und Schuld. Die fatale Mischung aus wirklichen und erfundenen, jedenfalls bedrükkenden Ereignissen verfolgt den Betrachter bis in die Träume der durch den Sog der flimmernden Bilder arg verkürzten Nächte.

Es gehört anscheinend zu den Gesetzlichkeiten der Medien, daß Erfreuliches nur in Ausnahmefällen einen wirksamen Stoff für sie abgibt. Eine gewisse Presse, das Kino, auch das moderne Theater, sie alle stehen wie unter einem Zwang, immer Ausgefalleneres, immer Grausameres zu berichten oder darzustellen.

Das einfache Glück des Alltags eignet sich kaum für solche Darstellung. Und doch ist die Sehnsucht nach Glück, die Sehnsucht nach einem vertrauten Mitmenschen so groß wie nie zuvor, ja der moderne Mensch scheint zu glauben, er habe einen Rechtsanspruch auf Glück, wie auf eine bestimmte Zahl von Urlaubstagen ... Diese Sehnsucht wird nur allzu selten im Alltag erfüllt. Darum soll die Freizeit den ersehnten Ausgleich bringen, vor allem der Urlaub, den die Werbung als „schönste Zeit des Jahres" in leuchtenden Farben schildert. Der hektische Ernst der Reiseplanung läßt vermuten, die Glückssucher trauen dem Geschick nicht recht und glauben jedes Mal, es könnte ihre letzte Chance sein, in die Ferne zu schweifen. Immer entferntere, immer exotischere Reiseziele werden angesteuert, luxuriöse Unterbringung und schöne braune Mädchen inbegriffen. Im bunten Reisegepäck aber reist die unerfüllte Sehnsucht mit und wird bei der Rückkehr wieder mit ausgepackt.

Die Hoffnung auf menschliche Begegnungen, vielleicht auf die große Liebe, wird nur selten erfüllt. Und dann beginnt der Kreislauf von neuem mit Fernweh und Träumen vom blauen Meer und grünen Inseln.

Da meldet sich eine leise Stimme zum Wort: „Du suchst das Glück? Dort, hinter dem Äquator, findest du es nicht. Das wahre Glück wird meist in nächster Nähe gefunden, in einer verläßlichen Gemeinschaft mit wenigen, vertrauten Menschen, die eine gemeinsame Gesinnung verbindet, im gegenseitigen Geben und Nehmen. Für die meisten Menschen ist dieses Glück in der Bindung von Mann und Frau verwirklicht, die erst zusammen den ganzen Menschen darstellen. Wie gut, wenn sie nicht allein bleiben. Weil Liebe schöpferisch ist, dürfen sie das Geschenk des Lebens an das Kind weitergeben und damit ihren Platz in der Kette der Generationen einnehmen. Die Treue von Vater und Mutter ist die Lebensluft, in der Kinder frei atmen und ohne Angst leben können. All dies wird im Alltag gelebt und erfahren, im Alltag entscheidet es sich, ob du reif dafür bist, das einfache Glück zu erleben."

Kaum sind diese Worte verklungen, beginnt ein vielstimmiger Chor, die Sprecher des Zeitgeistes, den einsamen Rufer und seine Zuhörer mit Hohn und Spott zu überschütten:

„Wie kann man nur so naiv und altmodisch sein! Glück in der Liebe? Das gibt es nur auf kurze Zeit, der Wechsel ist das einzig Beständige. Ehe? das ist eine Zwangsjacke, die mit Sicherheit jede Freude an der Liebe, alle Erotik und Sexualität abtötet. Treue? das ist ein alter Hut und nur ein Zeichen mangelnder Vitalität. Kind? Familie? Die Familie ist eine überlebte Institution, die durch die Unterdrückung der Sexualität aller ihrer Glieder nur dazu da war, gehorsame Untertanen hervorzubringen. Mutterschaft? das ist eine Mausefalle, schnappt sie zu, kommst du nicht mehr heraus. Frauen und Männer als Freunde? wie oft schon wurden sie bittere Feinde, Frauen waren von Anbeginn das von den Männern unterdrückte Geschlecht, lies doch nach, was die frommen und klugen Alten über die Frau gesagt haben.

Und überhaupt: Lebst du denn auf dem Mond? Hast du nichts gelesen? Da steht es doch schwarz auf weiß, wie es um Liebe, Ehe, Familie steht und was man heute darüber zu denken hat:

„Die Unfähigkeit zu lieben", „Das Ende der Zweierbeziehung", „Die sexuelle Revolution", „Der Weiblichkeitswahn", „Der Männlichkeitswahn", „Das Sterben der Ehe", „Der Tod der Familie", „Kinderlos aus Verantwortung", „Auf dem Weg in die vaterlose, in die kinderlose Gesellschaft" ..., genügt dir das noch nicht? Es sind noch viele ähnlich aufschlußreiche Titel auf Lager.

Und wenn du den Büchern nicht glauben willst, so mußt du doch der Statistik glauben:

- Abnehmende Zahl der Eheschließungen,
- steigende Ehescheidungszahlen,
- dramatischer Geburtenrückgang,
- Kindsmißhandlungen, Selbstmordversuche und Selbstmorde am laufenden Band,
- immer mehr gestörte und kriminelle Kinder und Jugendliche,
- Nikotin-Alkohol-Drogensüchte nehmen zu ...

Gib deine Träume von einer heilen Welt schleunigst auf! Lebe dem Augenblick, denke vor allem an dich selbst. Einsamkeit ist das Schicksal aller Menschen, es gibt keine dauernde Gemeinschaft. Finde dich damit ab, alles andere ist Selbstbetrug! Betäube dich so gut du kannst durch den Rausch, die kurze Lusterfüllung – die Mittel dazu kannst du an jeder Straßenecke kaufen ..."

Aus der Stimme des Zeitgeistes spricht abgrundtiefer Pessimismus, den zu widerlegen Worte allein nicht genügen. Auch ein heiterer Optimismus, geboren aus einer glücklichen Veranlagung, reicht nicht aus. Die einzige wirksame Gegenkraft ist die persönliche Überzeugung von einer anderen, überlegenen Wertwelt, verbunden mit der persönlichen Erfahrung von Menschen, die lebenslang ihr Glück im Einklang mit so altmodischen Werten wie Verantwortung für den Mitmenschen, Liebe und Treue gefunden haben. Aus solchen positiven Erfahrungen wächst der Wille und die Kraft, gegen den Strom der Zeit zu schwimmen, zusammen mit Gleichgesinnten – mögen es auch oft nur wenige sein. Der kleinsten Einheit, der Ehe und der Familie, kommt hier die größte Bedeutung für die Zukunft zu.

Was sich heute hier abspielt, soll Gegenstand der nächsten Kapitel sein.

„Heiraten – nein danke"

Ursachen der Ehe-Scheu von Männern und Frauen – junge Frauen sind heute anders. Im Gegensatz zu der lange Zeit vorherrschenden Ansicht, Frauen seien überwiegend konservativ, das heißt an alten Überlieferungen festhaltend, Männer dagegen progressiv, fortschrittlicher gesonnen, zeigt die gegenwärtige Entwicklung eher umgekehrte Züge. Die jungen Frauen haben sich anscheinend im Zeichen von Gleichberechtigung und Emanzipation schneller und gründlicher verändert, als es den Männern bewußt geworden ist, um so mehr, als sich die Männer im gleichen Zeitraum nicht wesentlich verändert haben.

Theodor Heuss, der erste Bundespräsident der jungen deutschen Nachkriegs-Republik, hat dies bereits in den fünfziger Jahren erkannt: „Die größte und am tiefsten gehende Revolution des 20. Jahrhunderts ist die Emanzipation der Frau."

Helge Pross hat in ihrem Buch „Die Männer" (1978) eine im Jahre 1975 erfolgte repräsentative Befragung von deutschen Männern im Alter zwischen 20 und 50 Jahren ausgewertet. Unter anderem wurde auch die Frage gestellt, wie sie sich denn die ideale Ehepartnerin vorstellten. Die überwiegende Zahl der Männer bekannte sich zu einem konservativen Frauen-Wunschbild: *„Die gewünschte Frau ist nicht die Berufsfrau, die gewünschte Frau ist die Familien-Frau. Das Idealbild der Frau ist ein Bild der mütterlichen Frau. Berufsfrauen werden respektiert, mütterliche Frauen ersehnt. Sie verkörpern die wahre Frau."*

Dieses Umfrage-Ergebnis bestätigt die Erfahrung, daß der Mann ein stark von seiner eigenen Mutter geprägtes Bild der „richtigen Frau" in sich trägt. Die Mütter der jetzt erwachsenen Männergeneration waren vorwiegend noch vom traditionellen Frauenbild geprägt. Außerdem liegt es auf der Hand, daß ein Wunschbild von der Ehe-Frau auch von dem Interesse des Mannes an einer reibungslosen Versorgung seiner selbst und der Familie bestimmt wird und daß er hier Experimenten abgeneigt ist. Mag sein, daß eine Befragung heute eine leichte Verschiebung zugunsten einer selbständigeren Gefährtin ergeben würde, doch verlaufen gesellschaftliche Veränderungen sehr langsam. Es muß jedenfalls damit gerechnet werden, daß in dem Auseinanderklaffen des vorherrschenden Wunschbildes von einer Lebensgefährtin und der Wirklichkeit der jungen Frauen eine der Ursachen der Ehe-Scheu heutiger Männer zu suchen ist. Die neue Frau ist unbequemer geworden.

Nichteheliche Partnerschaft – heute leicht zu verwirklichen. Freie Verbindungen mit gemeinsamen Hausstand, denen zur Ehe nur das Papier vom Standesamt fehlt, sind im letzten Jahrzehnt häufiger und vor allem selbstverständlicher geworden. Im gleichen Maße, wie die Normalehe durch Zerrüttung und Scheidung in der allgemeinen Wertschätzung verloren hat, wächst die Toleranz der Gesellschaft denen gegenüber, die eine formlosere Bindung eingehen. Wohnungsvermieter sehen darin kaum mehr einen Ablehnungs- oder Kündigungsgrund. Solche für beide Partner jederzeit ohne äußere Schwierigkeiten zu lösenden Verbindungen haben besonders für den Mann ins Auge springende Vorteile: seiner eher polygamen Natur entspricht ein Nacheinander von wechselnden Beziehungen recht gut. Diese Einstellung wird von bestimmten Zeitschriften und einer Literatur gefördert, die im Einklang mit dem Zeitgeist Treue nur als Ausdruck eines Mangels an Vitalität versteht. Die Zunahme der freien Verbindungen seit 1977 hängt freilich auch mit der in jenem Jahr in Kraft getretenen Änderungen im Ehe- und Scheidungsrecht zusammen, die für Mann und Frau gewisse neue Härten anläßlich einer Trennung mit sich bringen.

Zusammenleben ohne Trauschein muß aber gar nicht häufigen Partnerwechsel bedeuten. Bei den oft viele Jahre dauernden, kinderlosen Partnerschaften profitiert der männliche Teil davon, daß auch die Frau als Berufstätige Geld verdient und den gemeinsamen Lebensstandard aufbessert, oft nur dadurch das teurere Auto ermöglicht und sich daneben eifrig bemüht, dem Mann als gute Hausfrau das Leben möglichst angenehm zu gestalten, damit die Beziehung von Dauer bleibt. Sie, als die von der Natur immer noch für das Aufziehen des Nachwuchses Bestimmte, ist innerlich mehr auf die Dauerhaftigkeit einer Beziehung angewiesen als der Mann, auch wenn sie keine Kinder hat. Leider stellt es sich dann häufig heraus, daß sie in einer unverbindlichen Beziehung immer wieder den höheren Preis zu zahlen hat.

Die Fälle sind nicht selten, in denen die Frau dem Partner mit ihrem Einkommen das Studium finanziert oder die Existenzgründung ermöglicht; ist das Ziel dann erreicht, so kann es sein, daß sie in mittleren Jahren einer anderen, meist jüngeren Partnerin weichen muß, die angeblich besser zu der dann erklommenen höheren Position des Mannes auf der sozialen Stufenleiter paßt.

Die Zahl der nichtehelichen Partnerschaften in der Bundesrepublik ist im Steigen begriffen. Wenn auch begreiflicherweise keine offiziellen Statistiken darüber geführt werden können, so schätzt man ihren Anteil doch auf zehn bis zwanzig Prozent der 18- bis 30jährigen; zum Teil noch zahlreicher sind sie in den europäischen Nachbarländern, vor allem in Skandinavien und den Niederlanden.

Der Kinderwunsch ist nicht mehr selbstverständlich. Wo kein berühmter Name, kein Vermögen, kein Haus oder Hof und kein Geschäft zu vererben ist, hat der Kinderwunsch nur mehr gefühlsmäßige Bedeutung. Dieses Gefühl ist jedoch heute durchaus nicht bei jedem jungen Menschen vorauszusetzen. Die beiden obersten Götzen der Wohlstandsgesellschaft – Konsumfreudigkeit und Mobilität, Beweglichkeit nach Feierabend und in der übrigen Freizeit – werden schon durch *ein* Kind jahrelang erheblich eingeschränkt – warum sich also damit belasten? Der „Babyschock nach dem ersten Kind“, von dem so viel die Rede ist, die Schwierigkeiten mit der Schule und die Aufsässigkeit der Jugendlichen sind auch nicht dazu angetan, große Vorfreude auf Familienleben zu wecken.

Nach der letzten Allensbacher Befragung von Jugendlichen und jungen Erwachsenen (1977) über deren sexuelles Verhalten hat die Ehe für die Überzahl dieser jungen Menschen nur mehr für das Aufziehen von Kindern eine Berechtigung. Die wirksamste Zurückweisung des Verdachtes einer egoistischen Begründung des Verzichts auf Kinder liefern die heute viel diskutierten und auch ernst zu nehmenden Zukunftsängste; sie werden mit den Schlagworten „Überbevölkerung der Erde“ oder auch nur mit der „Kinderfeindlichkeit der Gesellschaft“ umschrieben. Der Buchtitel „Kinderlos aus Verantwortung“ bringt alle diese Begründungen auf eine kurze, einprägsame Formel.

Günter Grass hat das ständige Schwanken und Zögern eines jungen Paares von heute für und gegen die Zeugung eines Kindes angesichts all dieser Bedrohungen des Lebens, aber auch angesichts der eigenen Bequemlichkeit in seinem Buch „Kopfgeburten“ (1981) zu einer wirkungsvollen Zeitsatire gestaltet.

Ursachen der Ehe-Scheu von Frauen. In vielerlei Hinsicht haben sich die Geschlechter weitgehend einander angeglichen, ob es sich um die Kleidung, um Rauch- und Trinkgewohnheiten oder um das sexuelle Verhalten handelt. Bei den Ursachen einer Scheu vor der Ehe als Dauerbindung gibt es jedoch einige, die vor allem für Mädchen und Frauen gelten und sich deutlich von den für Männer angeführten Gründen unterscheiden.

Daß Frauen Ehe und Familie grundsätzlich ablehnen können, wäre noch vor einigen Jahrzehnten kaum vorstellbar gewesen. Wie in vielen Schlagern, in den meisten Romanen und im Theater das Happyend, das Sichfinden des glücklichen Paares Abschluß und Höhepunkt zugleich war und ist, galt lange Zeit für die meisten Mädchen, daß sie sich irgendwann Ehe und Kinder wünschten, den richtigen Partner selbstverständlich vorausgesetzt. Berufswahl und Berufsausübung wurden oft im Hinblick auf spätere Familienaufgaben gewählt, von vielen nur als Lückenbüßer bis zur Heirat, um die Aussteuer zu verdienen, die nach neuem Recht von den Eltern nur selten zu erwarten ist. Selbst die anspruchsvolle akademische Ausbildung wurde von manchen Studentinnen und ihren Eltern ganz offen auch als „Heiratsmarkt" betrachtet, das heißt als Gelegenheit zur Anknüpfung von Partnerbeziehungen, die zu einer späteren Ehe führen können.

Dies alles hat sich auch nur zum Teil geändert, so bei den jungen Frauen, die den Beruf bewußt als eine lebenslange Aufgabe auffassen und damit im Einklang stehen mit maßgebenden politischen und gesellschaftlichen Kräften, die auf das „Ende der Hausfrauen-Ehe" mit ihrer nur scheinbaren lebenslangen Sicherheit in der Abhängigkeit vom Ehemann hinarbeiten. Diese Sicherheit ist tatsächlich trügerisch, wenn man nicht die Augen vor der Wirklichkeit verschließt.

Es gibt zwar immer noch eine große Zahl von Mädchen, die im Zusammenleben mit Mann und Kindern ein lohnendes Lebensziel sehen, aber auch sie erkennen die Schwierigkeiten, die einem dauernden Glück in den vier Wänden heute entgegenstehen. Die nüchterne Betrachtung der gesellschaftlichen Wirklichkeit mahnt auch die begeisterten Verfechterinnen der natürlichen Bestimmung der Frau für die Ehe, für ein Dasein als Hausfrau und Mutter, zur Vorsicht, das heißt zur zweipoligen Lebensplanung für die Familie *und* den Beruf.

„... bis daß der Tod euch scheidet". In alter Zeit, als die bekannte Trauformel eingeführt wurde, betrug die durchschnitt-

liche Lebenserwartung der Menschen auf Grund der Kinder- und Müttersterblichkeit, der Seuchen und häufigen Kriege kaum die Hälfte der Lebenszeit, die heute auf Grund der besseren hygienischen Verhältnisse und ärztlichen Versorgung erreicht wird. Noch um das Jahr 1871 hatte ein Mann im Durchschnitt nur die Aussicht 35,6 eine Frau nur 38,5 Jahre alt zu werden.

Heute beträgt die Lebenserwartung für den Mann 71, für die Frau 73 Jahre. Für die durchschnittliche Ehedauer bedeutet dies, daß für die im normalen Heiratsalter zwischen dem 23. und 28. Jahr geschlossene Ehe eine Dauer von vierzig Jahren anzunehmen ist. Diese Rechnung hat einzelne Publizisten dazu geführt, von mindestens zwei Ehen im Lauf eines Lebens auszugehen, einer „Jugendehe", die das Aufziehen von Kindern einschließt, und einer zweiten, um die Lebensmitte geschlossen, die – vielleicht – bis zum Lebensende andauert.

Die Vorstellung von den zwei Ehen als Regelfall geht davon aus, daß – für den Mann! – eine lebenslange Ehe mit ein und derselben Frau im Grunde nicht zumutbar ist. Die Begründungen werden nicht so hart formuliert, es wird von „sich auseinander entwickeln" gesprochen. Die Zahl der Ehescheidungen um die Lebensmitte, die überwiegend von Männern angestrebt werden, spricht jedoch eine deutliche Sprache.

Daß die gestiegene Lebenserwartung eine Belastung für die lebenslange Ehe darstellt, ist unbestreitbar. Sie muß mit offenen Augen gesehen und bei der Partnerwahl mit bedacht werden. Von hier aus erhalten die seelisch-geistigen Grundlagen eines Bündnisses, auf die Dauer gesehen, ein besonderes Gewicht, die bei der heutigen Überbewertung der Sexualität als der wichtigsten Gemeinsamkeit zwischen Mann und Frau leicht unterschätzt werden.

In diesem Zusammenhang ist es wichtig festzuhalten, daß nicht etwa nur die kirchliche, sondern auch die bürgerliche, auf dem Standesamt geschlossene Ehe grundsätzlich als lebenslange Gemeinschaft aufgefaßt wird, und zwar in den demokratischen wie in den sozialistischen Staaten. Die kirchliche Trauformel „... bis daß der Tod euch scheidet" entspricht also einer allgemeinen Übereinkunft über die Ehe in zivilisierten Gesellschaften, was nichts über die Möglichkeit des Scheiterns aussagt, die allem Menschlichen anhaftet. Es ist jedoch, vor allem für die Frau, ein großer Unterschied zwischen dem Scheitern als Ausnahme und der völligen Aufgabe eines Leitbildes der Treue, das genau so wie sein Gegenteil im Bereich der menschlichen Möglichkeiten liegt. Wenn aber – im Zusammenhang mit der Idee von „Zwei Ehen als Regelfall“ davon ausgegangen wird, daß eine 40jährige Ehe für einen Mann im Grunde unzumutbar sei – kann man es da Frauen verdenken, wenn sie eine Scheu vor der Ehe empfinden?

„Die Doppelmoral ist tot!“

Nichteheliche Lebensgemeinschaften, von der Frau aus gesehen. Das freie Zusammenleben mit einem Mann ist heute auch für Mädchen aus behüteten Familien nicht mehr mit Ächtung belastet. Die verbreitete Toleranz schützt auch sie, und Männer finden überwiegend nichts mehr dabei, wenn eine Frau eine „Vergangenheit“ hat, wie man noch um die Jahrhundertwende und Jahrzehnte danach voreheliche Beziehungen der Frau nannte – wohl gemerkt, nur bei der Frau! Untrennbar davon, das heißt Voraussetzung für diesen Teil der sexuellen Revolution ist die Verfügbarkeit über die Pille oder andere sichere Mittel der Empfängnisverhütung. Die Verantwortung dafür ist heute fast ausschließlich in die Hand der Frau gelegt. Dieser Teil der Frauen-Emanzipation nach 1960 ist wohl derjenige Aspekt, der die revolutionäre Veränderung der Frauen am meisten vorangetrieben hat, ob man das wahrhaben will oder nicht. Elisabeth Noelle-Neumann, die Leiterin des Allensbacher Meinungsforschungs-Institutes, sprach angesichts der Ergebnisse der dritten Untersuchung über das Sexualverhalten der jungen Generation 1977 – die beiden vorangegangenen hatten in den Jahren 1954 und 1966 stattgefunden – von einer „Revolution, das heißt von einer Entwicklung, die nicht mehr rückgängig gemacht werden kann“. Der Kommentator der Zeitschrift „Stern“, in der die Ergebnisse dieser letzten Befragung unter der Überschrift „Moral 78“ veröffentlicht wurden, faßte sie wie folgt zusammen:

> „Die Doppelmoral ist tot – die Freiheiten der Männer sind die Freiheiten der Frauen. Sieger der sexuellen Revolution sind die Frauen.“ Ob dies wirklich ein Sieg ist?

Das Leitbild der Mutter und Hausfrau ist verblaßt: Der Beruf als Existenzgrundlage und erstes Lebensziel junger Mädchen hatte sich bereits nach dem Ersten Weltkrieg weitgehend durchgesetzt. Die so oft vorgebrachte Meinung, als ob dieses Streben erst in neuerer Zeit aufgetreten sei, trifft nicht zu. Durch den Verlust aller Ersparnisse in der Inflation von 1923 wurde Erwerbstätigkeit von jungen Mädchen und Frauen in allen Schichten zur Notwendigkeit. Die Mädchen mußten allerdings häufig mit einer kürzeren Ausbildung vorlieb nehmen als ihre Brüder. Das ergab sich nicht etwa nur aus einer geringeren Wertung der Mädchen oder der Annahme „sie heiratet ja doch!“, sondern vor allem aus der materiellen Schwierigkeit, allen Kindern zu einer längeren Ausbildung zu verhelfen. Die Familien waren damals durchweg größer. Freilich wurde auch die spätere Ehe für das Mädchen eingeplant, freilich wurde damals noch ein lebenslanges Hausfrauendasein und damit eine gewisse materielle Sicherung der Frau durch die Ehe vorausgesehen. Der Hausfrauen- und Mutterberuf stand in hohem Ansehen, bei den Frauen selbst wie in der Gesellschaft.

Dies früher selbstverständliche Ideal der Mutter und Hausfrau hat heute an Anziehungskraft verloren. Wenn man nach den Gründen forscht, warum das so ist, spielen die Eigenarten dieser Tätigkeit im Dienst der Familie eine ebenso maßgebende Rolle wie die ständige Wiederholung der abwertenden Bezeichnungen „Heimchen am Herd“, „Hausmütterchen“ und „Nur-Hausfrau“. Nie fehlt der Hinweis auf die verachteten drei „K“, die für „Küche–Kinder–Kirche“ stehen und die als Sinnbilder der Rückständigkeit gelten. Mit allen Mitteln der modernen Werbung wird seit Jahrzehnten die überlegene Rolle der berufstätigen Frau herausgestellt. Für die Beurteilung der Absicht dieser Propaganda aus teils politischer, teils emanzipatorischer Quelle ist wesentlich anzumerken, daß sie sich zwar vordergründig gegen die Tätigkeit der *Hausfrau* wendet, damit aber in Wirklichkeit zum großen Teil die *Mutterrolle* trifft, denn nur Mütter müssen sich wenigstens für längere Zeit vollberuflich auch dem Haushalt widmen.

Der Kinderwunsch, einstmals sicher einer der stärksten Triebfedern für den Wunsch des Mädchens nach einer Ehe, ist aus ähnlichen Gründen wie bei Männern oft nicht mehr stark genug, um sich gegen angstmachende Argumente durchzusetzen. Ehe und Familie sind zukunftsbezogen und setzen gerade für die Frau viel Mut und Optimismus voraus. Für Kinder sind jahrelang Vorleistungen zu erbringen, die erst in der Zukunft Früchte tragen. Vor allem aber fürchtet die moderne junge Frau, zum Teil mit Recht, entsprechend dem Wunsch des Mannes nach einer mütterlichen Frau, ihm gegenüber in eine dienende Rolle hineinzugeraten.

Einzige Söhne, die es nicht nur in Einkind-Familien gibt, deren Zahl stark angestiegen ist, werden häufig genug von ihren Müttern verwöhnt – bei aller Zuneigung zum Freund sehen junge Frauen sehr klar, daß in solchen Fällen von ihnen erwartet wird, daß sie in die Fußstapfen der Mutter treten und danach verlangt es sie wirklich nicht.

Die eigene Mutter des Mädchens und das, was sie aus ihrem Leben machen – oder nicht machen – konnte, wird nur in Ausnahmefällen als Vorbild anerkannt. Helge Pross bezeichnet aufgrund der von ihr bearbeiteten Befragung von Hausfrauen deren Selbstverständnis überwiegend als das einer „Verzichtsrolle“. Welches junge Mädchen aber strebt danach, sich in einer Verzichtsrolle zu sehen? Allein oder in einer freien Partnerschaft ohne Kind kann die Frau ihren Beruf weiterführen und sich eine selbständige Altersversorgung erarbeiten, die der Hausfrau fehlt.

Auf dem Weg zur Ehescheidung als Regelfall

Scheidung als Ausnahme hat es immer gegeben. Ganz anders ist die Situation, wenn die Ausnahme zur Regel wird.

Nach den Unterlagen des Statistischen Bundesamtes stieg

die Zahl der Ehescheidungen zwischen 1960 und 1976 um 121 Prozent, die Zahl der Scheidungen, bei denen Kinder unter 14 Jahren betroffen waren, im gleichen Zeitraum um 123 Prozent. Seit 1977 sind die Scheidungsziffern nach anfänglichem Absinken infolge des Inkrafttretens eines neuen Scheidungsrechts ab 1979 wieder stark angestiegen. Die Zahl der Scheidungen des Jahres 1981 liegt um 13000 oder 13,8 Prozent über der von 1980.

Als kritische Phase stellt sich mehr und mehr schon das dritte, nicht mehr wie früher das siebte Ehejahr heraus. Eine bedeutsame Veränderung im Verhältnis von Männern und Frauen zur Institution der Ehe läßt sich aus neueren Statistiken ablesen; in steigender Zahl werden, örtlich bis über 70 Prozent, der Scheidungsbegehren vor allem von jungen Frauen eingereicht, nachdem lange Zeit das Verhältnis umgekehrt gewesen war. Die gleichen Gründe, die für die Scheu der Frauen vor der Ehe maßgebend sind, dürften auch für die verstärkte Flucht aus der Ehe verantwortlich sein.

Es werden bereits Prognosen für die Zunahme der Ehescheidungen in Deutschland bis zum Jahr 2000 und darüber hinaus durch Hochrechnungen gestellt; sollte der bisherige Trend weiter wirksam bleiben, werden bis zur Jahrtausendwende rund 85 Prozent aller Ehen mindestens einmal geschieden sein. Der Mensch ist heute vor allem durch die Medien weithin außengelenkt, was seine Anschauungen und dementsprechend sein Verhalten anbelangt. Es bleibt darum nicht ohne Wirkung, wenn die negativen Vorbilder, die Stabilität der Ehe betreffend, überhand nehmen. Die Ehe-Inflation ist im vollen Gange. Erst waren es lange Zeit vor allem Künstler, Filmstars, denen man eine Art Narrenfreiheit in bezug auf ihre Einstellung zur Ehe zubilligte. Ihre rasch aufeinander folgenden Scheidungen und neuen Prunk-Hochzeiten wurden als zum Geschäft der Werbung gehörend mit Recht nicht ernst genommen.

Gefährlicher ist die das Leitbild Ehe zerstörende Wirkung, wenn immer wieder hochgestellte Persönlichkeiten des öffentlichen Lebens auf der Höhe ihrer beruflichen Laufbahn ihre langjährige Ehefrau und Mutter ihrer Kinder gegen eine jüngere Lebensgefährtin austauschen. „Krise der Lebensmitte" lautet das Stichwort, das alles verstehen und damit alles verzeihen lassen soll. Die Berichte in den Medien sind wohlwollend-verständnisvoll, sie verfehlen ihre Wirkung auf den Mann und die Frau auf der Straße nicht. Hier ist die praktische Anwendung der Theorie von den „zwei Ehen" offenbar vor aller Augen; umso heller heben sich diejenigen Politiker und andere Prominente von diesem dunklen Hintergrund ab, die noch nach 40 und mehr Jahren glücklich verheiratet sind.

Negative Vorbilder finden sich allerdings nicht nur dort, wo sie Schlagzeilen machen. Rechts und links von jedermann, unter Arbeitskollegen, Bekannten und Verwandten wird immer wieder ein völlig überraschender oder lange befürchteter Scheidungsfall bekannt. Für ledige Frauen und Männer bedeuten diese Erscheinungen eine weitere Warnung, sich auf das Abenteuer „Ehe" erst gar nicht einzulassen. Die Scheu vor der Ehe ist zugleich die Scheu vor der Scheidung mit allen ihren Folgen.

Das „Ende der Hausfrauenehe". Eine informative Quelle über Fragen der Ehe und Ehescheidung heute liefert das Taschenbuch der Rechtsanwältin B. Wiegmann „Ende der Hausfrauenehe" (1980). Tonbandprotokolle von Gesprächen mit geschiedenen Frauen (sämtlich Mütter) erhellen die Hintergründe des Scheiterns so vieler Ehen, die sichtlich nicht auf dem Fundament gegenseitiger Achtung, vor allem der Achtung des Mannes seiner Frau gegenüber aufgebaut waren. Aufschlußreich aus dem Blickwinkel der Bestrebungen zur partnerschaftlichen Bewältigung des Familienalltages, dem Grundsatz „zusammen leben heißt zusammen arbeiten", ist die Tatsache, daß in *keiner* der geschilderten Ehen von acht bis 24 Jahren Dauer der Mann sich nach diesem Grundsatz verhalten hat; in keiner dieser sechs Ehen hat er sich kameradschaftlich an der Kinderpflege und der Hausarbeit beteiligt. Das ist kein Zufall.

Gegenseitige Achtung, Gesprächsbereitschaft, der Wille, Konflikte auf faire Weise zu lösen und praktische Zusammenarbeit der Partner gehören zusammen, sind Auswirkungen einer positiven Einstellung zum Mitmenschen, deren Wurzeln bis in die frühe Kindheit zurückzuverfolgen sind, wie an anderer Stelle noch eingehender auszuführen sein wird.

Wenn aus den wenigen Beispielen des genannten Buches auch keine statistisch schlüssigen Folgerungen gezogen werden können, sollten sie doch zum Nachdenken über die Frage anregen, ob nicht Ehen ohne Bereitschaft zur gegenseitigen Hilfeleistung auf allen Gebieten des gemeinsamen Lebens besonders gefährdet sind. Umgekehrt kann die Zusammenarbeit der Partner von Anfang an einen wichtigen Beitrag zur Stabilität der einzelnen Ehe leisten.

Kindheitserfahrungen – maßgebend für die Ehefähigkeit der Erwachsenen? Man würde es sich zu leicht machen, wenn man in Umwelt-Einflüssen der Gegenwart allein die Ursache der verbreiteten Abkehr von der Ehe als Dauerbindung und der ebenso verbreiteten Unfähigkeit, eine eingegangene Ehe durchzuhalten, sehen würde. Eindrücke aus der Kindheit, vor allem aus den ersten Kinderjahren sind dafür mindestens ebenso bestimmend, sie sind das Grundmuster, in welches die späteren äußeren Informationen eingeordnet werden. Wie Vater und Mutter miteinander umgingen, bestimmt weitgehend das „innere Bild von der Ehe“, das sich tief ins kindliche Bewußtsein einprägt. Wo in der Regel gutes Einvernehmen und faire Konfliktbewältigung herrschten, wird es ein positives Bild sein. Gegenseitige Demütigung, Streit oder Trennungserlebnisse schaffen ein negatives Modell des Zusammenlebens von Mann und Frau, verbunden mit Unsicherheit und Angst. Beide Bilder prägen die tieferen Schichten der Persönlichkeit, die später dem bewußten Denken und Wollen nur mehr schwer zugänglich sind. Es liegt nahe, an solche Zusammenhänge zu denken, wenn statistisch eine Art „Erblichkeit der Ehescheidung“ festgestellt wurde, das heißt, daß Nachkommen geschiedener Eltern eher in ihrer Ehe scheitern als Kinder aus wirklich, nicht nur äußerlich intakten Ehen.

Bindungsfähigkeit und Spannungsbogen

Auf der Suche nach Zusammenhängen zwischen frühkindlichem Erleben und späterer Ehefähigkeit kommt man zu weiteren bedeutsamen Ergebnissen. Eine Ehe über viele Jahrzehnte lebendig zu erhalten, verlangt von beiden Partnern unter anderem vor allem zweierlei: die Fähigkeit zu einer tiefen, personalen *Bindung* und einen starken, elastischen *Spannungsbogen,* auch Frustrationstoleranz genannt.

Die Bindungsfähigkeit ist das Ergebnis positiver Erfahrungen in der frühen Kindheit. Nach Christa Meves, der bekannten Kinder- und Jugendpsychagogin, hat das menschliche Neugeborene neben dem Saugtrieb und anderen körperlichen Trieben einen ebenso ursprünglichen Antrieb zur Bindung an eine erwachsene Person von der Natur mitbekommen. Wenn auch die Mutter schon durch den Stillvorgang zunächst den Hauptgegenstand für das Bindungsverlangen des Kindes darstellt, so tritt nach gegenwärtigem Verständnis auch der Vater frühzeitig in die Beziehung zum Kind mit ein, so daß eine lebendige Dreierbeziehung Mutter–Kind–Vater entsteht. Wesentlich für die Stärke der gegenseitiggen Bindung ist, daß die Bezugspersonen nicht häufig wechseln, wie das in der Krippen- und Heimpflege unvermeidlich ist.

Wenn sich das Kind von Mutter und Vater oder ständigen Ersatz-Eltern geliebt und angenommen weiß, bindet es sich voll Vertrauen an diese ersten Bezugspersonen. Als Höhepunkt dieser ersten Bindungsphase gilt die Zeit zwischen dem sechsten und dem achtzehnten Monat. Im besten Falle bestätigen und vertiefen die guten Erfahrungen der Kindheit und Jungendzeit das Vertrauen in die Eltern. So entsteht „Ur-Vertrauen“, die Voraussetzung der Bindungsfähigkeit, die nichts anderes ist als die Fähigkeit, wirklich zu lieben, das heißt andere Menschen so wichtig zu nehmen als das eigene Ich – und in dieser Liebe treu zu sein.

Der Begriff *Spannungsbogen* stellt ein Bild für die Fähigkeit zum Aushalten belastender, unangenehmer Situationen dar, wie eine elastische Stahlfeder große Belastungen und Spannungen auszuhalten vermag. Solche Belastungen, teils von außen, aus Umwelt und Beruf, teils vom Partner, teils von den Kindern kommend, müssen immer wieder im Laufe einer Lebensgemeinschaft durchgehalten werden, wenn die Gemeinsamkeit Bestand haben soll. Mit anderen Worten: Ehe verlangt von beiden Partnern sehr viel Selbstbeherrschung, Güte und Geduld, also einen belastbaren Spannungsbogen. Dieser entsteht gleichfalls sehr früh, in den ersten Lebensjahren des Kindes, im Zusammenleben mit einer nicht verwöhnenden, verständnisvollen Mutter und einem Vater, der sich mit ihr in den Entscheidungen des Alltags über Erlaubtes und Verbotenes einig weiß. Der elastische Spannungsbogen ist, recht verstanden, das Ergebnis einer Gewöhnung an den erst kurzen, dann längeren Aufschub von Wunsch-Erfüllungen und die Überwindung der vielen kleinen Schmerzen des Kinder-Alltags, beides immer begleitet von sicherer Geborgenheit und tröstendem Zuspruch der Eltern.

Im Regelfall sollte demnach die frühe und spätere Kindheit eine Zeit sein, in welcher der Mensch Liebe, Zuverlässigkeit und Treue im wahrsten Sinne des Wortes „am eigenen Leibe“ erfahren kann. Bindungsfähigkeit und Spannungsbogen braucht der heranwachsende wie der erwachsene Mensch auf allen Lebensstufen, vor allem aber auch, um Jahrzehnte später in einer im Geben und Nehmen glücklichen Partnerschaft leben zu können. Dieses besondere Ziel wird aus der verbreiteten Unkenntnis der inneren Wachstumsbedingungen des Kindes allzu oft gar nicht erkannt, die Folgen von Mangelerlebnissen des Kindes für das spätere Lebensglück kaum gesehen. Alle Bestrebungen sollten daher unterstützt werden, die das Wissen um die Bedeutung der frühen Kindheit durch die Schule und alle anderen Informationsquellen verbreiten helfen; solches Wissen ist wichtiger als viele andere Lerninhalte.

Bindungsunfähigkeit – eine allgemein-menschliche und gesellschaftliche Gefahr. Es kann hier nur angedeutet werden, daß die verbreitete Abnahme der Bindungsfähigkeit durch Mangelerfahrungen in der Kindheit und Jugendzeit nicht nur die Zukunft von Ehe und Familie gefährdet, sondern auch die Entfaltung aller weiteren menschlichen Beziehungen. Alle anderen Bindungen wie die zwischen Geschwistern, Mitschülern, Freunden, zwischen Schülern und Lehrern, Lehrling und Meister, die Kollegialität am Arbeitsplatz hängen von der Bindungsbereitschaft des einzelnen ab. Darüber hinaus erfordern die Treue zur Heimat und zur rechtsstaatlichen Ordnung, die Achtung vor allen Gliedern der Menschheitsfamilie und nicht zuletzt jede religiöse Bindung die gleichen Seelenkräfte wie die Hingabe an ein einzelnes „Du".

Die gegenwärtige Entwicklung der Partnerschaftsbeziehungen vieler junger Menschen und der verbreiteten Neigung zum „Aussteigen" erst aus der Elternfamilie, dann aus der Gesellschaft lassen darauf schließen, daß vielen Männern und Frauen der Geburtsjahrgänge nach dem zweiten Weltkrieg grundlegende positive Kindheitserfahrungen gefehlt haben müssen. Dafür spricht auch die Tatsache, daß immer mehr jüngere Menschen in allen Industrieländern, auch in der Bundesrepublik, im Alter zwischen 25 und 40 Jahren – also im üblichen Heiratsalter – allein leben, viele von ihnen für lange Zeit oder auf Dauer.

Allein leben – „Singles" – eine immer häufigere Lebensform. Es sind die mit dem englischen Ausdruck „Singles" = „Einzelne" bezeichneten Inhaber von Wohnungen, die als „Ein-Personen-Haushalte" in der Statistik gezählt werden. Unter den 24 Millionen privater Haushalte in der Bundesrepublik waren 1977 schon sieben Millionen Ein-Personen-Haushalte, ihre Zahl steigt ständig an. Sie vermehrt sich durch die alljährlich neu Geschiedenen, soweit sie sich nicht gleich wieder verheiraten, durch Jugendliche, die möglichst rasch nach ihrem 18. Geburtstag das Elternhaus verlassen und sich eine eigene Wohnung suchen, sowie die vielen jüngeren und älteren Alleinlebenden einschließlich der verwitweten Einzelpersonen. In München wurde festgestellt, daß jeder dritte Einwohner allein in seiner Wohnung lebt, von diesen Singles sind zwei Drittel Frauen. Die fühlbare Wohnungsnot geht zumindest in den großen Städten weitgehend auf die Zunahme der Einpersonen-Haushalte zurück, die häufig ebenso viel Wohnraum beanspruchen wie ein junges Paar oder eine kleine Familie.

„Wer einsam lebt, der hat es gut,
weil keiner da, der ihm was tut" –

dieser heitere aber auch bittere Spruch von Wilhelm Busch kennzeichnet die Grundstimmung vieler moderner Singles. Man kann sie auch anders ausdrücken: „Allein leben – die neue Freiheit" war der Titel einer Artikelserie in der Zeitschrift „Der Spiegel". „Singles – Alleinsein als Chance des Lebens" nennt der Psychologe Jürgen vom Scheidt ein Buch, in dem er die Frage nach den Ursachen der zunehmenden Tendenz zum Allein-leben stellt. J. vom Scheidt meint, daß niemand zum „Single" geboren wird; es würden aber heutzutage allzuviele Kinder bereits von Geburt an zu Singles gemacht. Am Anfang steht die verbreitete Trennung des Neugeborenen von seiner Mutter in der Klinik, die eine frühe Kontaktaufnahme zwischen Mutter und Kind verhindert, obgleich bei beiden in den ersten Minuten und Stunden nach der Geburt eine starke Bereitschaft zur gegenseitigen Bindung vorhanden ist. Wenn sich später allzuviele einsame Situationen im Leben des Kindes aneinander reihen, kann dies zur Vereinzelung des Erwachsenen führen, die ihn zum Single werden läßt.

Das in jüngster Zeit vermehrte Wissen um die negativen Folgen früher Einsamkeits-Erfahrungen des jungen Säuglings liegt den Bestrebungen zugrunde, die eine möglichst sofort nach der Geburt einsetzende Aufnahme enger Beziehungen zwischen den Eltern und ihrem Neugeborenen befürworten. Die positiven Langzeitwirkungen der zum Teil angelaufenen „Vermenschlichung der Klinikgeburt" weisen auf einen günstigeren Verlauf der Sozialentwicklung, besonders der Bindungsfähigkeit solcherart behandelter Kinder und damit auch der späteren Erwachsenen hin.

Allein-Leben, positiv gesehen. Allein leben als vorübergehende Phase der Selbstfindung junger Menschen nach dem Verlassen der Elternfamilie, kann sich als sehr fruchtbar erweisen, weit fruchtbarer als die häufige Flucht von sehr jungen, eben in die Mündigkeit entlassenen Menschen in eine viel zu enge Zweierbeziehung, die sie dann bald als Fessel für ihr unreifes Ich empfinden und abstreifen, sobald Belastungen auftreten. Eine angemessene Zeit allein zu leben ist die beste Vorbereitung auf eine Lebenspartnerschaft, die immer noch ein lohnendes Ziel für die Mehrheit darstellt.

Auf die Dauer bekommt dem Menschen das Single-Dasein nur selten, denn er ist von Natur aus ein geselliges, auf das Zusammenleben mit anderen ausgerichtetes Wesen und braucht zur Erreichung der vollen Reife den Dialog und die Auseinandersetzung mit dem Mit-Menschen.

Teil II

Mann und Frau auf dem langen Weg vom Patriarchat zur gleichrangigen Partnerschaft

Allgemeines zur Geschlechterrolle

Die Schwierigkeiten, die dem Gelingen einer Zweierbeziehung heute entgegenstehen, haben neben den bereits erwähnten zeitbedingten Ursachen noch andere Wurzeln, die zum Teil in ferne Vergangenheit zurückreichen. Nur wenige der heute Lebenden sind sich dessen bewußt, daß uns nur Jahrzehnte von einer langen Zeit der allgemeinen, auch von den Frauen widerspruchslos anerkannten Vorherrschaft des Mannes auf fast allen Lebensgebieten trennen, von der uneingeschränkten Anerkennung des Patriarchats. Die fortgeschrittenen Kulturnationen dieser Erde sind auf dem Wege der Ablösung dieser aus vielerlei Gründen nicht mehr zeitgemäßen Denk- und Handlungsweise durch die Idee der gleichberechtigten Partnerschaft von Mann und Frau, wie sie im Grundgesetz der Bundesrepublik Deutschland und einigen anderen Verfassungen bereits verankert ist. Dieses Leitbild wird heute vor allem von den jüngeren Frauen und Männern allgemein anerkannt, von den letzteren zumindest in der Theorie.

In diesem Buch wird davon ausgegangen, daß sich diese Gleichrangigkeit der Geschlechter in weiten Kreisen noch nicht durchgesetzt hat. Alte Ordnungen, alte Vorurteile haben ein zähes Leben und können, besonders dann, wenn sie wie das Patriarchat, zum Teil religiös begründet sind, Jahrtausende überdauern. Solche Vorurteile werden zwar selten offen ausgesprochen, doch kann man ihr Vorhandensein aus dem alltäglichen Verhalten vieler Zeitgenossen ablesen.

Das dauerhafte Glück des Alltags in der Ehe und Familie hängt nach Überzeugung einer wachsenden Zahl von jungen Menschen – vor allem von jungen Frauen – aber davon ab, daß die starre Rollenverteilung von Mann und Frau aus patriarchalischer Zeit nicht nur, wie bereits weithin geschehen, in der Schule und im Berufsleben, sondern auch in der Privatsphäre überwunden und auch Zusammenarbeit immer selbstverständlicher wird. Zum Verständnis der Widerstände, die sich dieser neuen Entwicklung entgegenstellen, ist ein Mindestmaß von Wissen über die Geschlechterrollen in Vergangenheit und Gegenwart notwendig.

Die Rolle, ein Begriff aus der Soziologie. Der Begriff der Rolle hat sich in jüngster Zeit in unseren Sprachgebrauch auch außerhalb ihrer ursprünglichen Bedeutung aus der Bühnensprache eingebürgert; dort wird sie als austauschbare Figur in einem Theaterstück verstanden. Neuerdings wird sie häufig mit solchen Ur-Begriffen wie Vater und Mutter, Mann und Frau gebraucht, auch von der Rolle des Kindes, des Sohnes und der Tochter ist die Rede. Die „Hausfrauenrolle" steht im Kreuzfeuer der Kritik, der „Rollentausch" zwischen Mann und Frau, Vater und Mutter wird erwogen. Trotz aller Fragwürdigkeit ist der Rollenbegriff ein sprachliches Hilfsmittel, um viele Zeitprobleme zu verdeutlichen. In diesem Sinne wird er in den folgenden Kapiteln angewandt werden.

Geschlechterrollen sind mit dem biologischen Geschlecht von Mann und Frau verbunden und bedeuten die in einer Gesellschaft allgemein anerkannten Verhaltensregeln für beide Geschlechter. Ihre Ausprägungen sind in den Kulturkreisen sehr verschieden und stark von religiösen Überlieferungen bestimmt. Seitdem Deutschland ein Einwanderungsland geworden ist, kann man auf Schritt und Tritt solche Verschiedenheiten im Verhalten von Mann und Frau beobachten. Während in den Ursprungsländern der meisten nationalen Minderheiten in unserem Land die Unterschiede zwischen Mann und Frau stark betont werden, wenn beispielsweise moslemische Frauen auf der Straße drei Schritte ehrerbietig hinter ihrem Mann zu gehen haben, kann man in den Industrieländern heute das Gegenteil feststellen: es wird auf vielen Gebieten, nicht nur in der Jeans-Mode, eine weitgehende *Angleichung* der Geschlechter propagiert und bis in das sexuelle Verhalten hinein auch praktiziert. Das sieht für viele auf den ersten Blick wie ein Fortschritt auf dem Wege zu echter Gleichstellung von Frauen und Männern aus. Gegen diese Tendenz zur totalen Angleichung steht jedoch ein biologisches Grundgesetz:

„Je höher ein Lebewesen entwickelt ist,
desto größer sind die Unterschiede der Geschlechter."

Der Mensch als das am höchsten entwickelte Lebewesen sollte sich dieses Gesetzes bewußt und vorsichtig mit Grenzüberschreitungen sein. Margret Mead, die bekannte Erforscherin vieler Kulturen in den entlegensten Winkeln dieser Erde, sagt in ihrem Buch „Mann und Weib" darüber:

„Der Unterschied zwischen beiden Geschlechtern ist eine der wichtigsten Bedingungen, aus denen die Vielfalt menschlicher Kulturen entwickelt wurde ... Wir kennen keine Kultur, die ausdrücklich behauptet, der Unterschied zwischen Mann und Frau bestehe lediglich in der Form, in der beide Geschlechter zur Erzeugung der Nachkommenschaft beitragen, im übrigen seien sie nur menschliche Wesen mit verschiedenen Anlagen, von denen keine einem Geschlecht ausdrücklich zugesprochen werden könne."

Die Polarität, das heißt die Gegensätzlichkeit der Geschlechter ist demnach eine Quelle des Reichtums an Möglichkeiten des Menschseins. Es ist eine der lebens- und zukunftsentscheidenden Aufgaben unserer Zeit, daß es rechtzeitig gelingen muß, die verzichtbaren und die unverzichtbaren Inhalte der Rollen von Mann und Frau zu unterscheiden, mit anderen Worten: festzustellen, was sich in den Geschlechterrollen wandeln soll, ja muß und dem, was darin „unwandelbar ist im Wandel der Zeit" (Hans Pfeil) und Bestand haben muß, wenn die großen Kulturen weiter bestehen wollen.

Die Geschlechterrollen im Lichte der Biologie

Folgenschwere Unwissenheit. Es gehört zu den erstaunlichen Tatsachen der Menschheitsgeschichte, daß die an Kunst und

Wissenschaften so reichen Kulturen der Antike in Ägypten, Babylon, Griechenland und Rom von der biologischen Natur des Menschen verhältnismäßig wenig wußten. Sagen und Mythen bestimmten die Vorstellungen vom Ursprung der ersten Menschen und der Rolle von Vater und Mutter, wenn ein neues Kind entsteht. Entsprechend der vorherrschenden patriarchalischen Einstellung wurde dabei von einem minderen Wert der Frau und einer höheren, schöpferischen Natur des Mannes ausgegangen.

So glaubte man im griechischen Altertum und noch lange danach auch in den von der griechischen Kultur beeinflußten Ländern Europas, daß die Frau bei der Zeugung und Entwicklung des Kindes nur ein passives Gefäß für den männlichen Samen sei. Wie die Erde keinen Einfluß auf die Gestalt der Pflanze hat, die man in sie sät, wurde auch der Frau keinerlei Einfluß auf die Eigenschaften des Kindes zugesprochen, das sie zur Welt bringt. Besonders folgenschwer für die Frauen hat sich ein weiterer Irrtum über die verborgenen Vorgänge bei der Zeugung ausgewirkt: die Geburt von Söhnen war in den meisten Kulturen erwünscht, die von Töchtern oft unerwünscht. Die Verantwortung für die Geschlechterbestimmung des Kindes wurde jedoch allein der Mutter zugeschrieben. Darum wurden immer wieder Frauen verstoßen oder zumindest verachtet und bemitleidet, wenn sie nur Töchter zur Welt brachten. Unfruchtbarkeit war ebenfalls ein schwerer Makel für eine Frau, die allein dafür verantwortlich gemacht wurde, wenn sie kinderlos blieb. Heute ist es in den fortgeschrittenen Nationen allgemeines Wissensgut, daß die Unfruchtbarkeit einer Ehe auch vom Mann verursacht sein kann und daß Vater und Mutter gleich viel zu Gestalt und Wesen des Kindes beitragen. Erst mit der Erfindung des Mikroskops im 16. und seiner Verfeinerung im 19. Jahrhundert wurde die Entdeckung der menschlichen Ei- und Samenzelle möglich. Der Nachweis der Chromosomen als Träger der Erbinformationen des Menschen folgte dann erst Mitte des 20. Jahrhunderts.

Daß es der Mann ist, der bei der Zeugung eines Jungen das männliche Y-Chromosom beisteuert, ist eine der neuesten Entdeckungen auf dem Gebiet der menschlichen Fortpflanzungslehre. Aus jüngster Zeit stammt ein Forschungsergebnis, das geeignet ist, weitere uralte, weltweit noch geltende Vorurteile gegenüber dem weiblichen Geschlecht abzubauen. Verfeinerte Untersuchungsmethoden an Embryonen haben ergeben, daß das weibliche Geschlecht sozusagen das Ur-Geschlecht ist. Zunächst sind alle Embryonen gleich, das heißt, sie erscheinen weiblich. Erst in der siebten Woche nach der Befruchtung beginnt das Y-Chromosom seine Wirkung zu entfalten, so daß sich durch Produktion eines männlichen Hormons die männlichen Geschlechtsorgane entwickeln können. Diese biologische Tatsache bedeutet, wenn man so will, die Umkehr des Schöpfungsberichtes der Bibel, nach dem zuerst der Mann, dann erst die Frau erschaffen wurde. Es wäre verfehlt, aus dieser biologischen Erkenntnis irgend eine Priorität oder Höherwertigkeit des weiblichen gegenüber dem männlichen Geschlecht abzuleiten, wie das in feministischen Kreisen gelegentlich versucht worden ist – genau so verfehlt, wie umgekehrt jede Diskriminierung des weiblichen ist. Diese eigenartige biologische Tatsache ist gerade rechtzeitig entdeckt worden, nachdem eine weltweite Diskussion über die Beziehungen der Geschlechter in Gang gekommen ist. Sie sollte Anlaß sein, um die geheimnisvolle ebenso enge Verwandtschaft wie grundlegende Verschiedenheit des Männlichen und Weiblichen mit Ehrfurcht zur Kenntnis zu nehmen.

Frauenverachtung auf Grund irrationaler, abergläubischer Vorstellungen über die Natur des Weiblichen gehört demnach in der von wissenschaftlichem Denken bestimmten Welt der Vergangenheit an; in Teilen der Dritten Welt ist sie noch alltägliche, schreckliche Wirklichkeit, die zu beseitigen Aufgabe aller ist, die der Gerechtigkeit für die zweite Hälfte der Menschheit zum Sieg verhelfen wollen.

Beispiele für Unterschiede zwischen Mann und Frau in der biologischen Ausstattung. Außer den typischen Geschlechtsmerkmalen, die der Fortpflanzung dienen, besitzen Männer und Frauen noch weitere, weniger augenfällige biologische Unterschiede vor allem im Knochenbau, in der Muskulatur, der Größe des Herzens, des Stoffwechsels und der Gehirnstruktur.

Forschungen am menschlichen Gehirn haben ergeben, daß sich die Unterschiedlichkeit der beiden Gehirnhälften bei Frauen anders auswirkt als bei Männern, und das schon im Kindesalter. Mädchen sind im allgemeinen sprachbegabter, Jungen besitzen ein besseres räumliches Vorstellungsvermögen. Mädchen haben von klein auf besonderes Interesse an Gesichtern und Personen, während Jungen mehr an Gegenständen und was man damit anfangen kann, interessiert zu sein scheinen. Keinesfalls hat ein Geschlecht mehr Intelligenz als das andere, aber jedes besitzt eine besonders gefärbte Intelligenz, wobei Ausnahmen die Regel bestätigen.

Grundlegende Unterschiede bestehen auch in der Versorgung des Körpers mit den typischen Geschlechtshormonen. Bei der Frau steuert das Zwischenhirn die Abgabe der weiblichen Geschlechtshormone während ihrer fruchtbaren Jahre streng nach dem weiblichen Monatszyklus, während beim Mann die Hormonabgabe gleichmäßig erfolgt. Es ist bekannt, daß die Geschlechtshormone außer ihrer direkten Wirkung auf die Fortpflanzungsorgane auch den übrigen Körper und das seelische Erleben beeinflussen. Darum ergeben sich aus der für Mann und Frau verschiedenen Versorgung mit Hormonen Unterschiede im Verhalten, die im Zusammenleben berücksichtigt werden müssen.

Unterschiedliche Reaktionen der Geschlechter auf Alkohol und Nikotin. Im Zusammenhang mit der Gesundheitsgefährdung durch steigenden Alkohol- und Tabakverbrauch sind die Ergebnisse amerikanischer und deutscher Untersuchungen interessant, die bedeutende Unterschiede in den Reaktionen lebenswichtiger Organe von Frauen und Männern auf diese Suchtmittel ergeben haben.

Bei einer großen Zahl von Beobachtungspersonen gleichen Alters und Gesundheitszustandes wurde festgestellt, daß beispielsweise bei gleich hohem Zigarettenverbrauch im gleichen Zeitraum die Gefahr eines Gefäßverschlusses (Herzinfarkt, Gehirnschlag u. ä.) bei Frauen dreimal so groß ist wie bei Männern.

Bei der Beurteilung der Wirkung von Alkohol kommt es vor

allem auf die Empfindlichkeit des am meisten auf dieses Gift ansprechende Organs, der Leber, an: die Leber wird bei Frauen bereits durch die halbe Menge Alkohol – verglichen mit der Leber des Mannes – angegriffen, mit anderen Worten: Frauen werden durch Alkoholmißbrauch doppelt so stark geschädigt wie Männer.
(Quelle: Prof. Dr. G. Schimert, Institut für die Prophylaxe der Herz- und Kreislaufkrankheiten bei der Universität München).

Wie die erwähnten Untersuchungen erweisen, betrifft die erhöhte Gefährdung der Frau zunächst sie selbst, ihre eigene Gesundheit. Als Trägerin der kommenden Generationen hat sie noch eine weitergehende Verantwortung. Längst ist bekannt, wie schädlich sich Alkohol- und Nikotingenuß in der Schwangerschaft und Stillzeit auf das Baby auswirkt. Dieses Wissen veranlaßt die Mehrzahl der gewissenhaften Mütter ganz selbstverständlich während dieser Zeit auf Genußgifte weitgehend zu verzichten. Wenn aber fast jedes zehnte Neugeborene mit einer leichten oder schwereren Behinderung zur Welt kommt, ist sicher eine der Ursachen für diese erschreckende Bilanz in einer falschen Lebensweise, unter anderem auch in Alkohol- und Nikotineinwirkung zu suchen.

„Männliche“ Anlagen bei der Frau – „weibliche“ beim Mann?
Die angeführten, wenigen Beispiele biologischer Unterschiede scheinen die landläufige Meinung zu bestätigen, daß Männer und Frauen eben verschieden geartet und deshalb ihre Rollen im privaten und öffentlichen Leben von Natur aus jeweils verschieden sind. Die Forschung wie die Erfahrungen der letzten Jahrzehnte haben jedoch ergeben, daß jeder Mensch in gewissem Umfang auch Anlagen des anderen Geschlechts besitzt und bei Bedarf anzuwenden fähig ist, wenn dem in der betreffenden Gesellschaft keine Vorurteile entgegenstehen. So ist Mütterlichkeit, eine von jeher ausschließlich Frauen zugeschriebene Eigenschaft, weder gesetzmäßig, wie ein Instinkt, bei jeder Frau vorhanden, noch ist mütterliches Verhalten auf das weibliche Geschlecht beschränkt.

Wenn Mütterlichkeit die Fähigkeit ist, mit Kindern jeden

Alters von der Säuglingszeit an liebevoll und zugleich vernünftig umzugehen, dann beweisen heute viele junge Väter, daß auch sie zu solchem mütterlichen Verhalten fähig sind. Für diese bisher beim männlichen Geschlecht nicht vermuteten Fähigkeiten gibt es auch keine Altersgrenze: Großväter bewähren sich als begabte Babysitter, Jungen im Schulalter versorgen mit Liebe, Einfühlung und Geschicklichkeit ihre nachgeborenen viel jüngeren Geschwister, wie das von jeher schon kleine Mädchen getan haben. Die früher geltenden, hemmenden Vorurteile, die auf der alleinigen Zuständigkeit von Frauen für kleine Kinder bestanden, sind weggefallen.

Eine besonders beweiskräftige Beobachtung, die in die gleiche Richtung weist, wurde in jüngster Zeit bekannt. Lange Zeit hatte man geglaubt, nur Frauen könnten im tiefsten Schlaf das Weinen oder Rufen eines ihnen anvertrauten Kindes hören. Diesen sogenannten „Ammenrapport" hat man neuerdings auch bei Vätern festgestellt, die sich viel mit der Pflege ihres kleinen Kindes befassen. Die ständige enge Verbundenheit ist allerdings auch bei Frauen Voraussetzung für die Entwicklung der Mütterlichkeit. Sie entsteht nicht im Vorübergehen und braucht, wie jede andere menschliche Beziehung, ihre Zeit. Nur wer dem Kind viel Zeit und Zuwendung widmet, ob Mann oder Frau, kann eine wirkliche Bindung mit ihm eingehen, die immer, wie jede andere Liebesbeziehung auch, auf Gegenseitigkeit beruht.

Es war in diesen Blättern bisher viel von bedrückenden Zeiterscheinungen die Rede. Die neue Hinwendung der Väter zu ihren kleinen Kindern ist ein Zeichen der Hoffnung.

Wenn Männer Frauenaufgaben erfüllen, wird das immer noch als außergewöhnlich empfunden. Daß hingegen Frauen in Kriegs- und anderen Notzeiten die Männer zu einem großen Teil ersetzen müssen und können, war von jeher selbstverständlich, angefangen von der Bewirtschaftung einer Landwirtschaft oder der Führung eines Geschäftes bis hin zur Verteidigung einer belagerten Stadt oder, aktueller, bis zum Löschen von Brandbomben.

Schon jetzt ist die Zahl der qualifizierten Frauen in früher ausschließlichen Männerberufen beachtlich. Daß ihre Zahl immer begrenzt bleiben wird, daß auch in den Parlamenten immer weniger Frauen als Männer sitzen werden, ist müßig zu beklagen, solange die Frauen noch die Kinder bekommen und sie auch sonst durch Familienpflichten immer stärker belastet sein werden als die Männer. Es dürfte einsichtig geworden sein, daß ein solches zahlenmäßiges Mißverhältnis in wichtigen nationalen und internationalen Gremien nicht etwa in einer geringeren Intelligenz der Frauen begründet ist.

Aber auch hier bahnen sich Entwicklungen an, die vielen Frauen nach der Erfüllung ihrer Mutteraufgaben die Tore zum Wirken in einem größeren Rahmen öffnen können, wie dies auch bei den Vorkämpferinnen der alten Frauenbewegung des 19. Jahrhunderts der Fall gewesen ist. Die verlängerte Lebenserwartung, verbunden mit der Idee und Verwirklichung des „lebenslangen Lernens", der éducation permanente, und der nachweisbar in vielen Fällen großen körperlichen und geistigen Leistungsfähigkeit der Frau nach der Lebensmitte werden die Voraussetzungen für einen steigenden Beitrag auch der mütterlichen Frauen im öffentlichen Leben schaffen.

Die Rollen von Mann und Frau im Patriarchat, ihre religiöse Begründung und ihre Überwindung durch die Botschaft Jesu

Seitdem es Aufzeichnungen über die Geschichte der Völker und Kulturen gibt, ist das Patriarchat, die Vorherrschaft des Mannes in allen Lebensbereichen, überliefert. Das Patriarchat gibt heute noch in vielen Ländern des Nahen und Fernen Ostens dem Mann fast unumschränkte Gewalt über die Frau wie über die Kinder. In den in diesen Teilen der Erde vorherrschenden Religionen, dem Islam, Buddhismus, Hinduismus u. a. wird die gesellschaftliche Rechtlosigkeit der Frau noch religiös untermauert. Selbst aus dem alten Israel ist ein Gebet der Männer überliefert, in dem es heißt: „Gepriesen sei Gott, der mich nicht als Heiden erschaffen hat! Gepriesen sei Gott, der mich nicht als Weib erschaffen hat!" In Israel war den Frauen jede religiöse Unterweisung versagt, ein Rabbi durfte auch nicht mit Frauen über Fragen der Religion sprechen, Frauen nicht in der Öffentlichkeit grüßen, Frauen durften, da unglaubwürdig, nicht als Zeugen vor Gericht auftreten, um nur einige der die Frauen diskriminierenden Vorschriften zu nennen.

Die Rechtfertigung solcher Zurücksetzung des weiblichen Bevölkerungsteils wurden in Israel aus den alttestamentlichen Berichten über die Erschaffung des Menschen (Gen. 2,18–23) und den Sündenfall (Gen. 3,1–24) herauslesen. Danach wurde der Mann, der allein bereits „der Mensch" genannt wurde, zuerst erschaffen, Eva erst an zweiter Stelle, als es sich herausstellte, daß „es nicht gut ist, daß der Mensch allein sei". Sie wird als „Gehilfin" erschaffen, ein Begriff, der oft als Arbeitshilfe oder Dienerin mißverstanden wurde; auf jeden Fall diente das Wort als Bezeichnung für ein dem Manne nachgeordnetes Wesen, das nur in bezug auf ihn eine Existenzberechtigung hatte. Darauf folgte die Geschichte vom Sündenfall, in der Eva eindeutig als die Hauptschuldige am Ungehorsam der ersten Menschen beschrieben wird, was Jahrtausende lang im jüdisch-christlichen Patriarchat als Fluch auf der Frau lasten sollte.

Es ist interessant, den etwas später niedergeschriebenen Schöpfungsbericht in Gen. 1,26–28 zum Vergleich heranzuziehen. (Jesus nahm wiederholt auf diese Erzählung Bezug). Er liest sich wie eine prophetische Schau der heute erkannten und angestrebten Gleichbewertung von Mann und Frau: „Und Gott sprach: ‚Lasset uns Menschen machen, ein Bild, das uns gleich ist, die da herrschen über die Fische im Meer und über die Vögel unter dem Himmel und über das Vieh und über die ganze Erde, über alles Gewürm, das auf Erden kriecht.' Und Gott schuf den Menschen ihm zum Bilde, zum Bilde Gottes schuf er ihn; und er schuf sie, einen Mann und ein Weib." Diesem Ebenbild Gottes in zweierlei Gestalt übergibt Gott die Herrschaft über die Erde mit den Worten: „Seid fruchtbar und mehret euch und machet euch die Erde untertan."

Der katholische Fundamentaltheologe Professor Heinrich Fries, München, knüpft an diesen Text eine wichtige Folgerung für eine Korrektur des Gottesbildes an, die ganz neue Dimensionen für den Glauben eröffnet: „,Gott schuf den Menschen zu seinem Abbild. Als Abbild Gottes schuf er ihn. Als Mann und Frau schuf er sie.' Das ist nicht nur eine Aussage über den Menschen, sondern auch über Gott. Aber dieser umfassenden Bestimmung ist weder in der Geschichte des Glaubens noch in der Frömmigkeit noch in der Praxis genügend Beachtung geschenkt worden. Das Bild von Gott wurde einseitig vom Mann aus bestimmt: Gott ist unser Vater. *Daß Gott Vater und Mutter zugleich ist,* (Papst Johannes Paul I.) wurde zu wenig realisiert. Das ist eine Verarmung und Vereinseitigung des Gottesbildes"*.

Doch noch einmal zurück zu dem für die Frau so schicksalhaften Begriff „Gehilfin". Neuere Übertragungen des Textes sind bemüht, die wirkliche Bedeutung der althebräischen Worte herauszufinden. Martin Buber, der große jüdische Religionsphilosoph, übersetzte die umstrittene Stelle wie folgt: „Ich will ihm eine Hilfe machen, einen Gegenpart", in einer anderen modernen Übersetzung lautet sie: „Ich will ihm ein Gegenüber machen, ihm entsprechend." „Hilfe" und „Gegenüber" sind jedoch keine Merkmale der Unterordnung, sondern der Partnerschaft.

Das Patriarchat im christlichen Abendland. Da die Bücher des Alten Testaments auch Glaubensgrundlage der christlichen Kirche wurden, hat die Überlieferung von der ursprünglichen Minderwertigkeit der Frau auch in die kirchliche Lehre Eingang gefunden und das in den christianisierten Ländern vorherrschende Patriarchat bestätigt. Dieser Einfluß wurde noch verstärkt durch die Kirchenväter, insbesondere durch Augustinus und Thomas von Aquin, welche die Meinung der griechischen Philosophen, vor allem von Platon und Aristoteles, über den geringen Wert der Frau in ihr Menschenbild übernahmen. Platon bezeichnete die Frau als ein Wesen, das zwischen dem Mann und dem Tier stehe und Aristoteles beruft sich als Rechtfertigung der Herrschaft des Mannes über die Frau auf „die natürliche Ungleichheit der Geschlechter, da das männli-

*Prof. Heinrich Fries, Rundbrief der Una Sancta, München 1982.

che besser, das weibliche geringer ist." Aristoteles gar erklärt, „daß die Frau ein minderwertiges Wesen sei, das Gott nicht zu seinem Ebenbild geschaffen habe; nur der Mann sei Gottes Ebenbild". Und Thomas von Aquin stellt fest: „Das Weib verhält sich zum Manne wie das Unvollkommene und Defekte zum Vollkommenen; die Frau ist ein Mißgriff der Natur, ein mißlungener Mann".

Im Zeichen einer weltweiten Bewegung in Richtung auf eine gerechte Beurteilung der Frau und ihrer jahrtausendelangen Unterdrückung wird in der Gegenwart die Aufarbeitung dieses schweren Erbes von Seiten der großen christlichen Konfessionen im Lichte des Evangeliums zum Gegenstand ernster theologischer Forschung gemacht:

„Es ist das unbestreitbare Verdienst eines Thomas von Aquin, zu seiner Zeit die Bedeutung der Philosophie des Aristoteles erkannt und für die Theologie fruchtbar gemacht zu haben. Dabei wurden für die mittelalterliche Theologie die biblischen Aussagen über die Frau mit dem aristotelischen Menschenbild ineinandergeschoben. Bekannt sind die besonderen Verengungen und Verbiegungen, die sich daraus in der thomistischen Schöpfungslehre für die Frau ergaben. Mit der Anerkennung und Auswertung einer modernen biologischen Zeugungstheorie ist der heutigen Theologie die Aufgabe gestellt, das Bild von der Frau im Denken der Kirche zu bereinigen und weiterzuentwickeln"*.

Jesus und die Frauen. „Jesus ist der einzige Mensch, der die in jedem Menschen angelegten männlichen und weiblichen Verhaltensweisen integriert und zur Reife gebracht hat. Von daher war er imstande, mit Frauen in absoluter Partnerschaftlichkeit umzugehen"**. Hierfür einige Beispiele: Jesu Freundschaft mit Maria und Martha, den Schwestern seines Freundes Lazarus in Bethanien. Er erkannte – als Rabbi – die beiden Frauen, auch geistliche Themen betreffend, als Gesprächspartnerin-

---

* Prof. Dr. theol. Georg Sigmund, Die Stellung der Frau in der Welt von heute, Stein a. Rhein 1981.

** Elisabeth Moltmann-Wendel, Ein eigener Mensch werden – Frauen um Jesus.

nen an. Bei dem berühmten Gespräch Jesu mit der Samariterin am Brunnen von Sichar (Joh. 4, 6–30) setzte er sich über mehrere Tabus der jüdischen Sitte hinweg: er würdigte die Frau trotz ihres zweifelhaften Lebenswandels eines ernsthaften theologischen und seelsorglichen Gesprächs und er bewies, daß die Verachtung der Juden für die Samariter ihn nicht berührte. Darüber hinaus offenbarte er sich der Frau als der Messias und schickte sie als Missionarin nach Samaria zurück, wo er auf Grund ihres Zeugnisses offene Ohren für seine Botschaft fand.

Die Jünger, die als einfache Männer noch ganz in den gesellschaftlichen und nationalen Vorurteilen ihres Volkes befangen waren, konnten Jesu Handlungsweise weder verstehen noch gutheißen, ebensowenig, wie sie am Ostermorgen dem Zeugnis der Frauen glaubten, die von der Auferstehung Jesu berichteten – „sie hielten es für Märlein".

Daß Jesus radikal mit dem Patriarchat gebrochen und mit ihm zum ersten Mal ein Zeitalter der Neubewertung der Frau begonnen hat, geht besonders klar aus der dramatischen Erzählung von der Ehebrecherin hervor, die von den Pharisäern, wie im mosaischen Gesetz vorgesehen, gesteinigt werden sollte (Joh. 8, 3–11). Auf die Fangfrage der Pharisäer nach Jesu Ansicht zu dem Fall, antwortete er „Wer unter euch ohne Sünde ist, der werfe den ersten Stein auf sie". Darauf ging einer nach dem anderen weg, „von ihrem Gewissen überführt", wie Johannes schreibt. Jesus und die Frau standen allein auf dem Platz. Mit den Worten „Hat dich niemand verdammt? dann verdamme ich dich auch nicht" hat Jesus nicht etwa den Ehebruch gutgeheißen, sondern ein vernichtendes Urteil über die bis heute im Patriarchat herrschende doppelte Moral gesprochen, die ein Verhalten bei der Frau als Verbrechen mit dem Tode bestraft, was als ein gutes Recht für den Mann angesehen wird.

Zu Jesu Lebzeiten spielten Frauen durch ihre Zahl und ihren Einsatz für seine Botschaft eine große Rolle. „Schon die Tatsache allein, daß Frauen dabei waren, als Jesu in ganz Judäa predigte, lehrte und heilte, erweist Jesu revolutionäre Anerkennung der Frau, die sich gänzlich vom kulturellen

Hintergrund der Zeit abhebt. Dieser Hintergrund ist nicht nur die patriarchalische Gesellschaft, sondern darüber hinaus die Aussperrung der Frau vom geistigen Leben der religiösen Gemeinschaft". „Kein anderer Religionsstifter oder Prophet hat sich je in der Weise der weiblichen Hälfte der Menschheit angenommen, wie Jesus dies getan hat. Diese lösende und erlösende Kraft der Botschaft Jesu soll sich auch in unserer Zeit weiter auswirken" (G. Sigmund).

Der Apostel Paulus und die Frauen. „In der herkömmlichen Argumentation wird Paulus als *der* Zeuge für die Unterordnung der Frau angesehen, zum Beispiel in 1. Kor 11,2–16: ‚Christus ist das Haupt jedes Mannes; das Haupt der Frau aber ist der Mann. Der Mann ist ein Bild und Abglanz von Gottes Herrlichkeit. Die Frau dagegen spiegelt die Herrlichkeit des Mannes' "*.

Eine einleuchtende Erklärung der Tatsache, daß Paulus sich hier sichtlich nicht im Einklang mit der Haltung Jesu in dieser Frage befand, liegt in der Feststellung, „daß die Beschränkungen, die Paulus den Frauen in der Gemeinde auferlegt, von seiner eigenen Vergangenheit herrühren. War er doch durch die Schule des Pharisäers Gamaliel gegangen, der ein besonders eifernder Pharisäer gewesen ist. Paulus war ja erst nach dem Tode Jesu Apostel geworden. Er hatte also den unbefangenen Umgang Jesu mit den Frauen nicht miterlebt. Wäre er mit Jesus auf den Straßen Galiläas gewandelt, so hätten vielleicht seine Anordnungen über das Verhalten der Frau in der Gemeinde anders gelautet. Um eine uneingeschränkte Würdigung der Frau in christlicher Sicht zu erreichen, haben wir auf Jesus Christus selbst zu schauen" (G. Sigmund). In geistlicher Hinsicht hat Paulus dagegen die Gleichwertigkeit aller Menschen vor Gott klar und deutlich verkündigt: „Da ist nicht Jude noch Grieche, nicht Sklave noch Freier, da ist nicht Mann noch Weib; denn ihr seid alle einer in Christus Jesus – durch den Glauben an ihn und die Taufe" (Gal. 3,28).

---

* Botschaft und Dienst, eine Schriftenreihe der evang. Männerarbeit, Die Wirklichkeit der Frau, hrsg. Hilde Kratz, Bielefeld 1980.

Aus der „Studie zum gemeinsamen Leben von Frau und Mann“ der Evangelischen Kirche Deutschlands geht hervor, daß „nach den Grundaussagen der Bibel Mann und Frau die gleiche Chance, das gleiche Recht und den gleichen Raum in der Freiheit zu leben haben, die Gott gibt. Beide haben dieses Leben auf der Erde zu gestalten. Beide leben aus der gleichen Gnade und grundsätzlichen Anerkennung durch Gott. Daraus erwachsen Freiheit und Bereitschaft, sich gegenseitig zu achten“*.

Der Raum, der in diesem Kapitel philosophisch-religiösen Fragen des Verhältnisses von Mann und Frau eingeräumt wurde, ist durch den tiefgehenden Einfluß gerechtfertigt, den Wertungen aus diesem Bereich, trotz fortgeschrittener Säkularisation (Entchristlichung) der Gesellschaft die Glaubensinhalte der Kirche ausüben. Daß die Erreichung der gleichwertigen Partnerschaft von Mann und Frau in diesem Lichte ein noch nicht erreichtes, aber vom Stifter der christlichen Gemeinde aufgegebenes Ziel ist, hebt alle Bestrebungen in dieser Richtung auf eine höhere, zeitlose Ebene der Menschheitsentwicklung.

Gedanken zur Mutterrolle

„Die neue Frau ist eiliger ans Licht getreten als die neue Mutter“. *Robert Musil*

Die Mutterrolle – nicht jeder Frau auf den Leib geschrieben. Eine der selbstverständlichen Erwartungen früherer Zeiten war die Annahme, daß die Frau von Natur aus zur Mutter bestimmt sei und erst dann ein glückliches, erfülltes Leben führen könne, wenn sie wenigstens ein Kind geboren und aufgezogen hat. Heute haben sich die Anschauungen in bezug auf die Bedeutung der biologischen Mutterschaft für die Frau gewandelt. Nicht bei allen Frauen ist der Wunsch und die Gabe, Kinder liebevoll aufzuziehen, vorauszusetzen – darin

* Die Wirklichkeit der Frau, a.a.O.

unterscheiden sich Menschen gründlich von Tieren – noch ist mütterliches Verhalten an die leibliche Mutterschaft oder auch nur an das weibliche Geschlecht gebunden. Diese Erkenntnis hat unter anderen die positive Folge, daß den Vätern der Weg zu einer engen Beziehung zu ihren kleinen Kindern eröffnet und die Adoptiv-Mutterschaft rechtlich wie psychologisch gleichwertig neben der biologischen Mutterschaft anerkannt wird.

Der Feldzug gegen die Mutterrolle. Wenn man sich die unterschiedliche Bewertung der Mutterrolle einst und jetzt bewußt macht, muß man sich aber auch darüber klar sein, daß seit Jahrzehnten in allen westlichen Industrieländern eine systematische Kampagne gegen die Mutterschaft im Gange ist. Eine ihrer bedeutendsten Wortführerinnen ist Simone de Beauvoir, die französische Feministin, die schon 1949 verkündete: „Ich beklage die Sklaverei, die den Frauen durch die Kinder aufgezwungen wird." Neben solchen kritischen Äußerungen über die Mühen, die das Aufziehen von Kindern verursacht, hat Simone de Beauvoir ihrem Abscheu vor jeder Art von Haushaltsarbeit bei jeder Gelegenheit beredten Ausdruck verliehen und auf diese Weise folgerichtig beide Rollen der Mutter (die zwangsläufig auch die Rolle der Hausfrau übernehmen muß) zusammen der Verachtung preisgegeben. Das gleiche Thema, in vielen Variationen in der ganzen feministischen Literatur des In-und Auslandes wieder und wieder durchgespielt, hat ungezählte Mädchen und Frauen in ihrem Selbstverständnis tief beeinflußt und viel dazu beigetragen, junge Mütter zu verunsichern. Die als Anlage durchaus in jeder Frau vorhandene Mütterlichkeit kann – nach Christa Meves – „abdressiert" werden. Dies geschieht unabsichtlich, aber wirkungsvoll schon durch unser gesamtes Schul- und Berufssystem, das, von männlichen Lebenformen geprägt, sowohl von Leistungsstreben wie von Konkurrenzkampf (Punktsystem) beherrscht ist. Diese sind an sich durchaus nicht negativ zu beurteilen, nur sind sie als Vorbereitung für die Aufgaben der Mutterschaft unbrauchbar, weil hier ganz andere Kräfte und Gaben erforderlich werden.

Die Annahme der Mutterrolle. Die leibliche Mutterschaft, einst ein fast unentrinnbares Schicksal für die Frau, ist heute durch die Anwendung sicherer Antikonzeptionsmittel sehr häufig das Ergebnis einer freien Entscheidung, muß also bewußt angenommen werden. Mit dem *Zur-Welt-Bringen* des Kindes ist es aber nicht getan; es ist bekannt, daß eine Frau nicht automatisch durch das Erleben der Geburt eine „gute Mutter" wird. Erst durch die Bejahung der Existenz des Kindes, durch ihre volle Zuwendung wird die seelische, die zweite Geburt des Kindes möglich. Während die leibliche Geburt in wenigen Stunden vorüber ist, dauert die seelische Geburt zumindest die „entscheidenden ersten drei Jahre" bis zur ersten Ich-Findung des Kleinkinds. Das bedingt im Idealfall mehrere Jahre des vollen Einsatzes von Zeit und Kraft, wenn auch unterstützt und abgelöst vom Vater.

Die Mutterrolle – eine Abfolge von Ablösungs-Erfahrungen. Die lebhafte heutige Diskussion über das richtige Verhalten der Mutter zwischen Überbehütung und Vernachlässigung des Kindes hat dazu geführt, daß Tierbeobachtungen und Berichte über Eingeborene aus zivilisationsfernen Ländern zum Vergleich herangezogen werden. Da ist die Katzenmutter mit ihren Jungen, ein Musterbeispiel von mütterlicher Hingabe; ist aber nach sechs Wochen die Zeit des Säugens vorbei, entzieht sie sich den Jungen und stößt sie mit sanfter Pfote von sich weg hinaus in die Selbständigkeit. Die Indianerfrau in Venezuela trennt sich nach der Entbindung weder bei Tag noch bei Nacht von ihrem Baby, bis es laufen kann. Dann aber unterstützt sie sein Streben nach Unabhängigkeit in jeder Weise, gewährt ihm aber immer den Rückzug in ihre Geborgenheit, wenn es danach verlangt. Das Ergebnis eines auf solche Weise naturgemäßen Aufziehens der Kinder, ein besonders freundliches Verhalten der Erwachsenen, hat Jean Liedloff in ihrem Buch „Auf der Suche nach dem verlorenen Glück" überzeugend dargestellt.

Jedes Menschenkind hat zu allen Zeiten und in allen Zonen von Geburt an gleiche seelische Bedürfnisse, deren Erfüllung es zu seiner gesunden Entwicklung bedarf. Zunächst ist es das dringende Verlangen nach körperlicher Nähe und Geborgenheit, später werden Blick- und Sprechkontakt und die Anregung aller Sinne zur Erlangung der körperlichen Unabhängigkeit und Geschicklichkeit wichtig, bis in der späteren Kindheit weitere Schritte zur inneren und äußeren Selbständigkeit möglich werden. So kann aus der ursprünglichen Abhängigkeit des Kindes von der Mutter eine lebenslange Freundschaft von Erwachsenen werden, die wie jede andere Freundschaft zwischen reifen Menschen durch das rechte Verhältnis von Nähe und Abstand gekennzeichnet ist. Dieses Ziel verlangt von der Mutter die Bereitschaft, sich auf die Tatsache einer sich ständig wandelnden Mutter-Kind-Beziehung einzustellen und die Entwicklungsschritte des Kindes bis zur völligen Freigabe zu unterstützen. So ist die Mutterrolle eine Abfolge von Trennungen, von Ablösungserfahrungen:

Geburt	Kindergarten	Schul- und Berufs-
Abstillen	Schule	abschluß
Erste Fort-Bewegung	Pubertät	Partnerfindung
(Krabbeln, Laufen)		Familiengründung

Leiden an der Mutterrolle. Mit Kindern glücklich zu sein, das ist für eine Frau heute keine Selbstverständlichkeit mehr. Es ist eine bedrückende Zeiterscheinung, daß die Mutterrolle häufig als eine verbreitete Quelle des Leidens dargestellt wird. Immer haben Frauen neben Freude auch viel Kummer mit ihren Kindern gehabt, vor allem dann, wenn sie wie in früheren Zeiten durch allzuhäufige Geburten überfordert und durch den ebenso häufigen frühen Tod von Kindern in Trauer versetzt worden sind; andere Ursachen des Leidens waren die ständigen Kriegsnöte und die große Armut breiter Bevölkerungskreise, denen nicht einmal das tägliche Brot für ihre Kinder sicher war.

Alle diese Gründe scheiden als Ursache für die häufigen Klagen über die Last des Mutterseins heute aus, in einer Zeit, die durch eine lange Friedensperiode, durch beste ärztliche Versorgung und materielle wie soziale Sicherheit gekennzeichnet ist – wenn auch Familien mit Kindern immer noch hinter den kinderlosen zurückstehen, zum Beispiel mit unbefriedigenden Wohnungen vorlieb nehmen müssen. Die Klagen kommen jedoch gerade von Frauen, die, was Bildung und Lebensstandard anbelangt, zu den privilegierten Schichten gehören. Wenn eine begabte Journalistin von ihren drei Kindern 1968 schreibt: „sie stehlen mir mein Leben", so ist in diesem Falle der Konflikt zwischen der Berufs- und der Mutterrolle offen ausgebrochen. Eine andere Mutter zweier Kinder, ebenfalls mit einer qualifizierten Ausbildung, stellte 1980 eine Liste der Klagen moderner Frauen über die Belastung durch Kinder zusammen:

„1. Die Ansprüche an die Mutter sind heute riesengroß, da das Wissen um die frühe Kindheit verbreiteter ist denn je; dadurch entstehen Ängste und Schuldgefühle, weil man um seine Verantwortung weiß – dadurch entsteht Überbemühung, die wiederum sehr belastet. Durch das ständige Hintanstellen der eigenen Interessen entsteht Gereiztheit, Depression, bis zu körperlichen Leiden (Hausfrauen-Syndrom).
2. Die Mutter muß für alle sorgen, an alles denken, immer verfügbar sein bei Tag und Nacht, allen dienen, einschließlich des Mannes und bekommt keine Unterstützung.
3. Muttersein wird von der Gesellschaft nicht anerkannt, hat keinen meßbaren Geldwert, auf den es in unserer materiellen Welt vor allem ankommt. Umfragen haben ergeben, vier von fünf Frauen wären lieber ein Mann.
4. Die Mutterrolle ist heute eine freiwillige Belastung, die abhängig macht – persönlich, seelisch, wirtschaftlich – und steht im Gegensatz zu dem Frauenideal, das die Medien verbreiten: frei, selbständig, erfolgreich, begehrenswert. Der Versuch, beide Rollenvorbilder zu verbinden, führt Frauen zu enormen Anstrengungen, aber auch häufig zur Überforderung, besonders bei mangelnder Anerkennung und Unterstützung durch den Ehemann.
5. Darum gehört es zu den unaufschiebbaren gesellschaftlichen Fragen, wie ein realistisches Selbstverständnis der Mütter heute erreicht werden kann. Wandel und Erweite-

rung bisheriger Rollen ist zu bejahen, die Männer können nicht mehr unbeteiligt bleiben."

Diese Aufstellung umfaßt alle Probleme, die sich heutzutage aus dem Zusammenprall einer beruflich gut ausgebildeten, erfolgreichen jungen Frauengeneration und den ganz „normalen" Anforderungen der Mutterschaft stellen. Sie erleben diese Anforderungen in der Kleinfamilie, zugleich unter dem Zwang der Bewältigung des Haushalts im Alleingang und im Rahmen einer althergebrachten Eheauffassung. Der Appell an die Männer, sich Änderungen in bezug auf die Verteilung von Verantwortung und Haushaltsarbeit nicht zu verschließen, ist unüberhörbar und zielt direkt in das Anliegen dieses Buches, solchen Änderungen den Weg zu bereiten.

Das Leiden unter den heutigen Bedingungen der Mutterrolle ist nicht an Landesgrenzen gebunden. Aus Frankreich werden Antworten von jungen Müttern auf eine Befragung über ihre Erfahrungen mit dem Mutter-Sein berichtet:

- „Die Kinder, das ist schwer, das frißt einem das Leben auf."
- „Sie saugen mich aus; es gibt Tage, da hängt es mir zum Halse raus, da möchte ich mit mir allein sein."
- „An manchen Tagen bin ich dermaßen erschöpft, dermaßen mit meinen Nerven am Ende, daß ich sie nur deshalb nicht schlage, weil ich weiß, daß es dann nur noch schlimmer würde."
- „Eine Mutter ist wie eine Milchkuh, die man ununterbrochen melkt, bis zur Erschöpfung."
- „Meine Kinder haben mich ausgepumpt, ich habe keine Lebenskraft mehr."

(Zitiert bei *E. Badinter* „Die Mutterliebe" Piper Verlag 1981)

Sicher darf man solche und ähnliche persönlichen Äußerungen weder überhören noch verallgemeinern. Zu ihrer gerechten Beurteilung muß man vor allem feststellen, von welcher Gruppe von Müttern sie stammen, ob sie wirklich „repräsentativ" sind. Nicht von ungefähr äußern sich meist diejenigen Frauen so negativ über die Familienaufgaben, die vor ihrer Mutterschaft ein unabhängiges Leben in einem interessanten und materiell lohnenden Beruf geführt haben, von dem sie nun wenigstens zeitweilig abgeschnitten sind; sie stammen kaum aus dem Munde oder der Feder von Frauen, die am Fließband oder an der Spülmaschine gestanden sind. Die Saat von Simone von Beauvoir und gleichgesinnter Schriftstellerinnen ist vor allem in der akademisch ausgebildeten weiblichen Jugend der westlichen Industrieländer aufgegangen. Die fast verzweifelten Berichte kommen aus Kreisen, die über eine geschulte Ausdrucksweise verfügen und deshalb auch Zugang zu den Medien finden und gedruckt werden. Dadurch werden persönliche Einzel-Erfahrungen in breiteste Kreise getragen und unzulässig verallgemeinert. Vor allem wird auch solchen Frauen eine Unzufriedenheit suggeriert, die sie von sich aus gar nicht (oder nicht in diesem Ausmaß) empfunden hatten; es gehört schon seit längerer Zeit zum guten Ton, daß Mütter *aller* Bildungsschichten über ihre „Frustration" und eine auf ihre Köpfe fallende Zimmerdecke klagen, wie die bis zum Überdruß wiederholte Redensart lautet. Diese Feststellungen sollen nicht von der Notwendigkeit einer Sinnesänderung in der Gesellschaft, vor allem in deren männlichen Teil, ablenken, einer Sinnesänderung, die eine Verhaltensänderung im Alltag dort bewirken soll, wo sie bisher noch nicht erfolgt ist. Die Zahl der jungen Partnerschaften wächst jedoch, auf die jene Klage über „mangelnde Anerkennung und Unterstützung durch den Ehemann" nicht mehr zutrifft, doch sind es noch immer zu wenige. Es muß ganz klar gesehen werden: nicht die Anforderungen des Kindes oder der Kinder sind die eigentliche Ursache der Überforderungsgefühle von Müttern, die Hauptursache ist das häufige Alleingelassensein durch den Partner. Nur von der Überwindung dieser Isolation, von der Verbesserung der Partnerschaftsbeziehung ist eine wirksame Änderung der unbefriedigenden Situation zu erwarten.

Noch einmal: Leiden an der Mutterrolle – weitere Ursachen. Neben dieser im Menschlichen zu suchenden Begründung der verbreiteten Klage der Mütter gibt es noch weit einfachere Gründe, die es Frauen heute schwerer machen als früher, sich in die Mutterrolle hineinzufinden. Für viele von ihnen bedeutet die Mutterschaft tatsächlich eine erhöhte Belastung, weil sie dafür nur eingeschränkte Voraussetzungen mitbringen.

Das körperliche Defizit. Zunächst ist festzustellen, daß auch der modernste Haushalt zu seinem Betrieb einige Körperkraft erfordert. Bettenmachen und die Reinigung einer Badewanne, große Fensterscheiben putzen und das Aufmachen von Vorhängen sind Beuge- und Streckübungen, die es in sich haben. Die Mutterschaft – Schwangerschaft, Geburt und Stillzeit – stellen große Anforderungen an die Körperkräfte. Das tägliche Leben mit dem kleinen Kind setzt mit ständigem Tragen, Bücken, Hocken wiederum Kraft voraus, umso mehr, je größer und schwerer das Kind wird und je mehr Kinder man hat.

Woher aber soll das körperliche Training für all diese „Strapazen“ kommen, wenn moderne Mädchen und junge Frauen bis kurz vor der Entbindung fast nur sitzende Tätigkeiten ausgeübt haben? Auf eine Schulzeit von neun bis dreizehn Jahren folgen unter Umständen Fachschulen, ein Hochschulstudium von drei bis fünf Jahren, was wiederum zu fast ständigem Sitzen zwingt. Das Gleiche gilt für alle Büroberufe, für viele Handwerkszweige und weitgehend auch für die Industrie. Die Freizeit wird vielfach vor dem Fernseher, in Lokalen oder im Auto verbracht; Rauchen und andere ungesunde Gewohnheiten sowie Fehlernährung tun ein übriges, um die Gesundheit zu schädigen.

Die angeführten Äußerungen der überforderten Mütter klingen so verzweifelt, daß sie nicht nur auf seelische, sondern auch auf körperliche Erschöpfung schließen lassen. Barbara Sichtermann geht in ihrem Buch „Vorsicht, Kind“ auf vollen 17 Seiten den mannigfachen physischen Belastungen nach, die das Kinderhaben für Frauen mit sich bringt, die anscheinend aus Sitzberufen kommen und auch sonst körperlich völlig untrainiert sind. Leider wird dabei auf die Ursache solcher Schwächen und deren Vorbeugung nicht eingegangen. Jede erfahrene Mutter kennt derartige Erschöpfungszustände aus Zeiten besonderer Überbeanspruchung, bei eigener Krankheit, bei Krankheit in der Familie oder Arbeitsspitzen wie etwa ein Umzug sie darstellt. Sie brauchen jedoch kein Dauerzustand zu sein, und sind durch eine gesunde Lebensweise und ein Mindestmaß von Training sicher auszuschließen. Die körperliche Vorbereitung eines Mädchens auf eine spätere Mutterschaft beginnt also im Grunde schon zehn Jahre vorher.

Das hauswirtschaftiche Defizit hat vielerlei Ursachen, von denen im Rahmen einer Darstellung der Hausfrauenrolle noch die Rede sein wird. Mutter-sein bedingt – zumindest für eine begrenzte Zeit – sich wesentlich mehr als vorher im Zweipersonenhaushalt hauswirtschaftlich zu betätigen. Ob Kochen, Waschen, Bügeln oder Nähen, viele Arbeiten machen unnötige Mühe und sind häufig mit Unlustgefühlen verbunden, wenn man sich nie Zeit zum Erlernen dieser Fertigkeiten genommen hat oder wenn es die eigene Mutter versäumt hatte, der Tochter frühzeitig Gelegenheit zum Lernen und Üben zu geben. Der durch die Werbung und durch die emanzipatorische Literatur verbreitete Unsinn, als ob ständiges Putzen Kennzeichen einer guten Haushaltsführung sei, als ob vom Fußboden zu essen dazu gehören würde, wirkt sich zudem irreführend auf die Einstellung und Praxis junger Frauen aus.

Das seelische Defizit hat mehrere Gründe. Der eine ist sicher mit der Schwierigkeit der Umstellung verbunden, welche durch die Beschränkung auf die Enge der Wohnung und auf die „Mutter-Kind-Dyade“ gegeben ist, auf eine enge Zweierbeziehung anstelle der Welt der meisten Berufe mit ihrer Vielfalt von menschlichen Begegnungen. Diese Zweierbeziehung, recht verstanden, bringt jedoch ebenso viele Chancen wie Gefahren; die letzteren werden heute von einer bestimmten Richtung überbetont, die darin nur eine Quelle zu großer Abhängigkeit sieht, die weder der Mutter noch dem Kind auf Dauer bekommt. Wenn jedoch die Mutterrolle von Anfang an im Rahmen der fortschreitenden Ablösung des Kindes gesehen wird, kann diese Gefahr gar nicht eintreten. Die frühzeitige Einbeziehung des Vaters und der bewußt gesuchte Kontakt zu anderen Menschen, besonders in der Nachbarschaft, unterstützt das Bemühen, auch in der Kleinfamilie Mutter und Kind ein breites Beziehungsfeld zu schaffen. Ein seelisches Defizit anderer Art ist in der heute so verbreiteten Verarmung an geistig-religiösen Inhalten gegeben, die mit dem Verlust des Staunens über das Wunder der Menschwerdung einhergeht. Dieses Wunder zu beobachten und zugleich gestaltend in seine Entfaltung einzugreifen, könnte gerade in der Stille des Alltags mit einem kleinen Kind Anlaß zur Besinnung auf Wesentlichstes für das eigene Leben werden.

Es wäre einseitig, sich nur mit den belasteten Müttern zu befassen und die vielen zufriedenen zu vergessen. Wie kommt es, daß auch heute noch Familienfrauen in ihrer Rolle glücklich sind, obgleich die meisten von ihnen vorher auch engagierte Berufsfrauen waren und ihre berufliche Tätigkeit später wieder aufnehmen wollen? Häufig läßt sich ein Zusammenhang zwischen dem vorher ausgeübten Beruf und der Zufriedenheit mit der Mutterrolle feststellen. Soziale, pflegerische, hauswirtschaftliche und Erziehungsberufe scheinen durch ihre Ausrichtung auf den Menschen eine besonders gute Vorbereitung auf die Familienaufgaben als Ganzes oder doch für wichtige Teilbereiche im Berufsbild „Familienfrau“ darzustellen. Die heutigen Bestrebungen, Mädchen mit allen Mitteln für das Erlernen sogenannter „Männerberufe“ in Handwerk und Industrie anzuwerben, sind zwar grundsätzlich als Verwirklichung von Gleichberechtigung zu begrüßen, im Lichte der Zweipoligkeit des Frauenlebens müssen jedoch Zweifel an der Richtigkeit dieser Tendenz angemeldet werden.

Die „Gedanken zur Mutterrolle“ sollen mit den Worten aus Bertolt Brechts „Kaukasischem Kreidekreis“ abgeschlossen werden:

> „Ihr aber, ihr Zuhörer der Geschichte vom Kreidekreis, nehmt zur Kenntnis die Meinung der Alten: daß da gehören soll, was da ist, die gut für es sind: also: die Kinder den Mütterlichen, daß sie gedeihen, die Wagen den guten Fahrern, damit gut gefahren wird, und das Tal den Bewässerern, damit es Frucht bringt.“

Zur Rolle des Kindes

Seitdem die Schwedin Ellen Key um die Wende vom 19. zum 20. Jahrhundert ihr aufrüttelndes Buch „Das Jahrhundert des Kindes“ veröffentlichte, ist die Frage nach dem Wesen und Werden des Menschenkindes und nach Verbesserung seiner Entwicklungsbedingungen bis heute nicht zur Ruhe gekommen. In jüngster Zeit ist es die leibliche Geburt und ihre Begleitumstände, die eine fast revolutionäre Veränderung erfahren. Daneben läßt neuerdings der Begriff einer „Zweiten Geburt“ aufhorchen, der die seelischen Entwicklungsvorgänge in der frühesten Kindheit umschreibt.

Danach erfolgt nach der ersten, leiblichen Geburt die zweite, die seelische Geburt des Menschen, deren Gelingen stark von Umweltfaktoren beeinflußt wird und maßgeblich darüber entscheidet, ob ein Kind seine ererbten Anlagen bestmöglich entwickeln und ein glücklicher und lebenstüchtiger Mensch werden kann. „Ein Mensch ist dann seelisch gesund, wenn er *lieben* und *arbeiten* kann“ (Sigmund Freud). Die zweite Geburt beginnt normalerweise in der engen Wechselbeziehung zwischen dem Säugling und seiner Mutter oder einer beständigen Ersatz-Mutter; im besten Fall ist auch der Vater in diese Beziehung mit einbezogen: sie dauert bis etwa zum dritten Lebensjahr, bis zum Gebrauch des Wortes „Ich“.

Erst im 20. Jahrhundert wurde die frühe Kindheit als wichtige Lebensphase für die Ausbildung jener Grundfähigkeiten des Menschen, des Liebens und Arbeitens, erkannt.

Die Stimmen mehren sich, die sich darum bemühen, daß diese Erkenntnisse Allgemeingut werden, um die ständig zunehmenden seelischen Fehlentwicklungen von Kindern zu verhüten. Sie sollten allen Eltern und denjenigen zugänglich gemacht werden, die von Berufs und Amts wegen Entscheidungen über das Schicksal kleiner Kinder zu treffen haben. Zusammenfassend soll Alexander Mitscherlich mit einem Text aus „Auf dem Weg in die vaterlose Gesellschaft“ zu Wort kommen, der keiner konservativen Ideologie verdächtige Psychoanalytiker und Soziologe:

„So sehr sich durch die Entwicklungen in der spezialisierten Großgesellschaft die Berufsrollen von Mann und Frau angleichen mögen, es bleibt ein natürlicher, biologisch bedingter Unterschied... Andere gesellschaftliche Einrichtungen können die Intimsphäre zwischen Mutter und Kind niemals gleichwertig ersetzen; Urvertrauen erwirbt das Kind nur im Umgang mit ihr und sonst niemandem... Das Vertrauensgefühl zur Mutter wird durch eine Pflege erweckt, die mit der einfühlenden Befriedigung der individuellen Bedürfnisse des Kindes zugleich ein starkes Gefühl persönlicher Verläßlichkeit innerhalb des erprobten Rahmens der Umwelt vermittelt. Hier formt sich die Basis des Identitätgefühls, also jenes Gefühls der eigenen Konstanz und Verläßlichkeit."

Die Geschlechtsrollen der Kinder. Die notwendige Veränderung in den Beziehungen zwischen Männern und Frauen in Richtung auf mehr echte Gleichrangigkeit und mehr Zusammenarbeit in der Partnerbeziehung muß in der Kinderstube beginnen, wo der Grund für die gesamte Persönlichkeit und damit auch für die Geschlechtsrolle des Kindes gelegt wird. Das Wort „Kind" ist zwar im Deutschen sächlichen Geschlechts, es gibt aber kein geschlechtsloses menschliches Wesen. Die soziale Geschlechtsrolle wird von Mädchen und Jungen bereits in der frühen Kindheit auf Grund des unterschiedlichen Vorbilds von Vater und Mutter und anderer Frauen und Männer aus der Umgebung des Kindes durch Nachahmung und Identifikation gelernt, lange bevor ein Kind durch belehrende Worte zu männlichem oder weiblichem Verhalten beeinflußt werden kann. Die Kenntnis und Annahme der eigenen Geschlechtsrolle ist für das Kind und den Heranwachsenden wichtig – wichtig für das eigene Selbstverständnis, für die Bejahung der eigenen Körperlichkeit, für das gesunde Selbstvertrauen und später für das Wissen um den Platz, den Mann und Frau in der Ehe, in der Familie und in der Gesellschaft einnehmen sollen.

Im Normalfall sind es Vater und Mutter, die für ihre kleinen Söhne und Töchter die ersten Identifikationsobjekte darstellen. Das Fehlen eines Elternteiles kann einen fühlbaren Mangel für die Persönlichkeitsreifung des Kindes und des Jugendlichen bedeuten. Manchmal können Andere als Ersatz dafür einspringen: Großvater oder Großmutter, andere Verwandte, Angestellte, Freunde; der Dorfleiter und männliche Mitarbeiter sollen in der Ausnahmesituation der vaterlosen Mutter-Familien im SOS-Kinderdorf den Mangel an einer männlichen Identifikations-Figur ausgleichen helfen.

Mit der Erweiterung des Gesichtskreises der Kinder kommen andere Vorbilder hinzu, zum Teil werden sie in das kindliche Rollenspiel einbezogen, das so typisch für die Zwei- bis Fünfjährigen ist: Postbote, Handwerker, Friseuse, Krankenschwester und viele andere. Später werden Lehrer, Sporthelden, Figuren aus Comics, Fernsehserien und Filmen wichtig, ohne daß die frühen Prägungen durch die Eltern dadurch völlig verdrängt werden, die als die ersten und dauernd wirksamen im Leben des Kindes von größter Intensität sind.

Der andersgeschlechtliche Elternteil hat auf jeden Jungen und jedes Mädchen einen mindestens ebenso tiefgehenden Einfluß und kann sich später tief im Unbewußten auf die spätere Partnerwahl auswirken.

Erziehungsaufgaben, die Geschlechtsrolle betreffend: Will man die heutigen Erziehungsaufgaben im Hinblick auf die Geschlechtsrollen der Kinder darstellen, so ergeben sich drei Hauptforderungen, die sich nur scheinbar widersprechen:

1) Wie bereits festgestellt wurde, durchdringt die männliche oder weibliche biologische Anlage von Geburt an das ganze Wesen des Menschen. Darum sollen die Eltern dieser Tatsache insofern Beachtung schenken, als sie ihrem Kind frühzeitig die Freude an seinem So-Sein wecken, so daß es am Ende der Kleinkindzeit um das fünfte Jahr sich seines weiblichen oder männlichen Geschlechts bewußt ist und sich auf seine erwachsene Zukunft freuen kann: „Wenn ich groß bin, werde ich ein Mann wie der Vati (oder eine Frau wie die Mutti)".

2) Gleichzeitig muß sorgfältig vermieden werden, daß die biologische Geschlechtsrolle irgendwelche Überlegenheitsgefühle beim Jungen oder ein Minderwertigkeitsbewußtsein beim Mädchen entstehen läßt oder umgekehrt. Letztere Gefahr ist sicher seltener, könnte aber bei dem erstarkten Selbstbewußtsein emanzipierter Frauen, vor allem bei alleinerziehenden Müttern aufkommen. Hier soll auf die Bedeutung

einer zeitgemäßen Sexualerziehung hingewiesen werden, die unter anderem Jungen und Mädchen ihre völlige Gleichwertigkeit in der körperlichen Ausstattung zum Bewußtsein bringen sollte. Auch muß man immer noch Redensarten hören wie „Leider ist es wieder kein Stammhalter“ anläßlich der Geburt der zweiten Tochter, bei der Geburt eines Jungen dagegen überschwengliche Gratulationen. Kinder sind hellhörig und sehr leicht verletzbar.

Ein Revolutionär – aber auch nur ein Patriarch: Karl Marx schrieb 1851 an seinen Freund Friedrich Engels anläßlich der Geburt seiner ersten Tochter: „Meine Frau ist leider von einem Mädchen und nicht von einem garçon entbunden worden“ – und bei der Geburt einer weiteren Tochter: „Es ist nur ein Mädchen, nichts Ernsthaftes...“
Ein klassisches Beispiel für die demütigende Zurücksetzung von Mädchen in der Familie ist die immer noch verbreitete Übung, daß sie viel mehr als Jungen zur Mithilfe im Haushalt herangezogen werden. Sollte Goethes bekannteste Worte daran mitschuldig sein, das in „Hermann und Dorothea“ zu lesen ist:

> „Dienen lerne beizeiten das Weib nach seiner Bestimmung, denn durch Dienen allein gelangt sie endlich zum Herrschen, zu der verdienten Gewalt, die doch ihr im Hause gehöret. *Dienet die Schwester dem Bruder doch früh,* sie dienet den Eltern...“

Solche Einstellung ist unvereinbar mit dem heutigen Lebensgefühl des Mädchens und dem Ziel gleichberechtigter Partnerschaft der Geschlechter. Fehlverhalten der Eltern, vor allem der Mütter, die ihre Söhne von „niedrigen Arbeiten“ verschonen, ist geeignet, in den Jungen ein Pascha-Bewußtsein zu erzeugen, das bis in deren spätere Ehe negativste Folgen haben, in den Mädchen hingegen Ablehnung des männlichen Geschlechts bis zum Haß, zumindest aber verhängnisvolle Minderwertigkeitsgefühle hervorrufen kann.

Eine weitere Quelle der negativen Einstellung zur eigenen Weiblichkeit ist das Selbstmitleid, das Mütter gegenüber ihren kleinen und größeren Töchtern häufig äußern, wenn sie mit ihrer Rolle als Ehefrau und Hausfrau unzufrieden sind. Sie können die Tochter in ihrem Selbstwertgefühl stark verunsichern und ihr die Annahme ihrer Geschlechtsrolle auf die Dauer erschweren. Solche negativen Kindheitseindrücke hatte Simone de Beauvoir im Sinn, wenn sie voll Bitterkeit schrieb: „Man wird nicht als Frau geboren, man wird dazu gemacht“, wobei „Frau“ ein Wesen minderen Wertes bedeuten soll.

3) In der Gegenwart tritt neben die bisherige Aufgabe, dem Kind in jeder Weise zur Bejahung des eigenen Geschlechts zu verhelfen, ein neuer, bisher vernachlässigter Gesichtspunkt: da in jedem Menschen auch positive Anlagen des Gegengeschlechts verborgen sind, sollten auch diese schon im Kind gefördert werden, umso mehr, als in der heutigen Gesellschaft die strikte Trennung von weiblichen und männlichen Lebensgebieten der Vergangenheit angehört. Dieses Ziel wird außer durch die gerechte Gleichbehandlung von Töchtern und Söhnen auch durch bewußte Spielförderung erreicht.

Gleiches Spielzeugangebot für Jungen und Mädchen. Die Auswahl des Spielzeugs spielt heute schon in der ideologischen Auseinandersetzung eine Rolle. Von Seiten militanter Gegnerinnen der traditionellen Frauenrolle wird gefordert, kleine Mädchen endlich mit Puppen, Puppenwagen, Herd und kleinem Geschirr zu verschonen, damit sie nicht zu früh und zu ausschließlich zur Annahme der Hausfrauen- und Mutterrolle hingeführt werden. Ganz abgesehen davon, daß die kleinen Mädchen schon auf Grund der Identifikation mit der Mutter in der Nachahmung ihrer alltäglichen Verrichtungen nicht davon abgehalten werden können, es ihr gleichtun zu wollen: es ist auf jeden Fall sinnvoller, den Mädchen zusätzlich Jungenspielzeug anzubieten und die Jungen nicht an der Beschäftigung mit traditionellem Mädchenspielzeug zu hindern.

Werkzeug aller Art, Konstruktionskästen und anderes technisches Spielzeug entwickelt auch bei den Mädchen deren handwerklich-technisches Interesse und ihre Geschicklichkeit. Es ist nur ein Armutszeugnis und hat nichts mit „Weiblichkeit“ zu tun, wenn später erwachsene Frauen wegen jeder technischen Kleinigkeit männliche Hilfe herbeirufen müssen. Zur

Förderung des logischen Denkens, das man so gerne den Frauen abspricht, wie auch zur Schulung des Gedächtnisses sind alle Denk-, Rate- und Schreibspiele, später auch das Schachspiel geeignet. Nach wie vor aber sollen Puppen und alles, was an kleinen Sachen dazugehört, ihren festen Platz in der Kinderstube und im Herzen des kleinen Mädchens behalten.

Zur Verhinderung der Ausbildung starrer Geschlechtsrollen bei kleinen Jungen und als Vorübung für die partnerschaftliche Gestaltung künftigen Familienlebens wird umgekehrt die spielerische Hinführung zu Interessengebieten wichtig, die lange Zeit als ausschließlich weiblich gegolten haben. Das beginnt mit den häuslichen Tätigkeiten wie Reinigungsarbeiten mit kleinen Geräten, Waschen, Bügeln, ferner dem auch bei erwachsenen Männern beliebten Kochen und Backen. Pflegen und Heilen, das Rollenspiel „Arzt“ oder „Krankenschwester“ wird durch eigene Krankheitserfahrung des Kindes oder durch Miterleben von Krankheitsfällen in der Familie und Besuche im Krankenhaus angeregt. Durch Bereitstellung von geeignetem Spielmaterial und durch Gespräche können diese Impulse gefördert werden. Zur fürsorglichen Beschäftigung mit Puppen und Tieren als den „Kindern“, zu einer quasi mütterlichen Tätigkeit also, sollten auch Jungen ermutigt werden. Der mit Recht gefürchteten „Geschwister-Eifersucht“ des erstgeborenen Kindes anläßlich der Geburt eines Geschwisters kann man am besten dadurch begegnen, daß es – ganz gleich ob es ein Junge oder ein Mädchen ist – mit dem Einzug des neuen Babys eine Babypuppe mit Zubehör geschenkt bekommt, mit der es alle Hantierungen nachahmen kann, welche die Mutter an dem lebendigen Kind vornimmt.

In heutigen Kleinfamilien ergibt es sich nicht immer von selbst, daß Jungen Puppen und den ganzen Puppenhaushalt zur Verfügung haben und ganz selbstverständlich durch Schwestern in das Puppenspiel einbezogen werden. Wenn man die hier aufgestellte Forderung nach Durchbrechung der strikten Rollentrennung ernst nimmt, sollte man in der mädchenlosen Familie zumindest leihweise Puppen und Puppenwagen besorgen und dem Jungen ohne weitere Hinweise zur

Verfügung stellen. Es wird interessant sein, zu beobachten, wie der kleine Junge darauf reagiert; zum Teil hängt das von der Möglichkeit ab, die Betreuung eines kleinen Kindes in der eigenen Familie oder in der Nachbarschaft mitzuerleben.

Weil das Spiel nicht als „Spielerei", sondern als die erste Auseinandersetzung des Kindes mit der Wirklichkeit zu betrachten ist, erweist sich also die Art des angebotenen Spielzeugs von großer Bedeutung für die Vorbereitung auf das Leben der Erwachsenen. Dieses hat sich in der Familie wie im Berufsleben gegenüber allen früheren Epochen in den letzten Jahrzehnten grundlegend verändert. Beide Geschlechter haben sich einander angenähert. Ausnahmen bilden die wenigen Betätigungen, die immer noch große Körperkraft erfordern. Andere bisher eindeutig „männliche" Berufe werden auch Frauen zugänglich gemacht, auch deshalb, weil die Technik ihre Ausübung erleichtert hat.

Selbst typische Frauenberufe kommen nicht mehr ohne den Einsatz der Technik aus und sind dadurch „vermännlicht" worden. Die Krankenschwester, Röntgenassistentin, Arzthelferin geht täglich damit um, in der privaten wie in der Großbetriebs-Hauswirtschaft, im Gartenbau, in der Landwirtschaft und im Büro geht es längst nicht mehr um reine Hand-Arbeit, ganz abgesehen von der industriellen Fertigung. Überall sind komplizierte Apparate und Maschinen zu bedienen und die Entwicklung ist noch keineswegs abgeschlossen. Die Selbstverständlichkeit des Anblicks von Frauen am Steuer von Traktoren, Autos, Straßenbahnen und Omnibussen zeigt, wie rasch sich die Gesellschaft an neue Rollenbilder gewöhnt.

Umgekehrt interessieren sich Männer heute auch für Tätigkeiten, die früher reine Frauenberufe waren. Sie lassen sich zum Kindergärtner und Sozialarbeiter ausbilden und übernehmen im zivilen Ersatzdienst viele früher in erster Linie Frauen vorbehaltene Pflegeaufgaben. Männer besuchen in steigender Zahl mit ihren Frauen Geburts-Vorbereitungskurse, sie erlernen die Hilfestellung in der Schwangerschafts-Gymnastik und die Säuglingspflege. Sie unterstützen, wo dies möglich ist, ihre Frau während der Geburt aktiv durch Massage, bei der „sanften Geburt" wird ihnen das Abnabeln des Kindes und dessen erstes Bad überlassen. In den auf die Geburt folgenden Monaten wechseln moderne Väter mit der Mutter in der Pflege des Kindes ab. Die Begabung des Mannes für die Kochkunst wird von niemanden angezweifelt.

Die Rolle des Kindes im Leben seiner Eltern. Geht man von der Idealvorstellung einer tiefen Liebesbeziehung zwischen Mann und Frau aus, so kommt dem Kind vor allem *eine* Rolle im Leben seiner Eltern zu: die Krönung der Gemeinschaft zweier Menschen, die sich aus Liebe zum Partner in dessen leib-seelischer Ganzheit ein lebendiges Zeichen ihrer Einheit wünschen. Je mehr das Kind dann heranwächst, desto faszinierter spüren sie den verschlungenen Wegen der beiden Erbströme nach, nehmen aber auch staunend das Einmalige des neuen Menschenkindes wahr.

Wer sein erstes Kind lieb hat, wird es tunlichst nicht ohne Geschwister aufwachsen lassen, denn noch kein Einzelkind hat sich bei seinen Eltern dafür bedankt, daß es allein geblieben ist. Der alte Spruch „Ein Kind ist kein Kind" mag aus der geringen Lebenserwartung der Kinder früherer Zeiten herstammen. Er hat aber immer noch insofern seine Gültigkeit, als dem Einzelkind wichtige Erfahrungen fehlen: unter anderen das Teilen der elterlichen Zuwendung, das Teilen innerhalb der Geschwistergruppe und das Gefühl der Solidarität der Kinder gegenüber den Erwachsenen.

Die Tatsache, daß zur Zeit etwa die Hälfte aller deutschen Kinder Einzelkinder bleiben, deren Kinder nie einen Onkel oder eine Tante, nie Vettern und Cousinen kennen werden, bedeutet auch für kommende Generationen zumindest eine Verarmung an nahen verwandtschaftlichen Beziehungen.

Kinder brauchen eine heile Welt. Es gehört zu den Absonderlichkeiten unserer Zeit, daß der Begriff „heile Welt" fast zu einem Schimpfwort, gleichbedeutend mit einer wirklichkeitsfremden Sicht der Dinge geworden ist und gefordert wird, die Kinder davor zu bewahren. Grundschüler werden von Lehrern über ihre Konflikte mit den Eltern befragt, haben sie keine, kann es vorkommen, daß ihnen solche suggeriert werden. Was diese „Konflikt-Pädagogik“ schon angerichtet hat, ist kaum zu ermessen. Allmählich sollte man es laut und deutlich sagen: Kinder brauchen, je kleiner sie sind umso mehr, eine möglichst heile Welt um sich, bevor sie nach und nach die mannigfachen Konflikte ertragen und bewältigen lernen, unter denen die Erwachsenen leiden und die uns alle in weltweitem Maßstab bedrohen und bedrücken. Zumindest für das Kleinkind sollte gelten: „Wo Kinder sind, da ist ein goldenes Zeitalter“ (Novalis). Wo Kinder sind, da *sollte* wenigstens ein Stück vom Paradies, vom goldenen Zeitalter sein und mit Kindern leben, heißt mit ihnen Zugang zu diesem Paradies zu haben. Die Eintrittskarte trägt die Aufschrift: „Zeit – Zuwendung – Zärtlichkeit“ – dies sind die Vorbedingungen für das Glück, das Kinder für ihre Eltern bedeuten können, wobei das Zeit-Haben die wichtigste und zugleich schwierigste Voraussetzung ist.

Kann eine richtige Familie mit zwei bis drei Kindern noch eine Wunschvorstellung, ein Lebensziel junger Menschen sein, wenn sie ihre Zukunft unter den eingangs beschriebenen Belastungen planen müssen? Eines ist sicher: Familie, so verantwortungsvoll gesehen wie in diesen Kapiteln dargestellt, ist eine Aufgabe für viele Jahre. Sie sollte von beiden Partnern frühzeitig beraten und auf ihre anderen Lebensziele abgestimmt werden.

Die Rolle des Kindes als Glücksbringer hat als wichtigste Voraussetzung die feste Bindung zwischen den Eltern und vor allem den gemeinsamen Willen, nichts Trennendes zwischen sich aufkommen zu lassen.

Die Rolle des Kindes in der Gesellschaft. Der dramatische Geburtenrückgang in Deutschland seit Mitte der 70er Jahre hat in der öffentlichen Diskussion darüber eine Flut von Argumenten und Gegenargumenten hervorgebracht, die einerseits positiv von „Gesundschrumpfung“, andererseits von „Selbstaufgabe“ oder „Selbstmord des deutschen Volkes“ sprechen. Vom wirtschaftlichen Standpunkt betrachtet, steht die Sorge um die Renten derer im Vordergrund, die um die Jahrtausendwende das Pensionsalter erreichen werden. Andere wieder fürchten eine Überfremdung durch die geburtenstarken Ausländergruppen, die bei uns heimisch geworden sind und in die von den Deutschen nicht mehr gefüllten Räume nachströmen. Von alledem soll hier nicht die Rede sein, sondern vordringlich von der Notwendigkeit, *die gesunde Entwicklung der zahlenmäßig weniger gewordenen Kinder besser als bisher zu fördern.* Ein wichtiger, von der Mehrheit gar nicht zur Kenntnis genommener menschlich-gefühlsmäßiger Verlust ist die Tatsache, daß immer weniger Menschen Gelegenheit haben, mit Kindern umzugehen. Hierzu zunächst noch einmal Alexander Mitscherlich:

„Das Wegwenden der Interessen der emanzipierten Frau aus der Familie mit Kindern in einem Alter, in dem die Kinder aktiver und stetiger Zuwendung bedürfen, beschwört einen Interessenkonflikt herauf, der vielfach durch passives Gewährenlassen und Versöhnung mit Geschenken beschwichtigt wird... Die fortschreitende Spezialisierung (der Technik, der Wissenschaft, der Wirtschaft) hat zur Vaterlosigkeit ersten Grades geführt; den zweiten Grad, die Vater- *und* Mutterlosigkeit, kann nichts heilen. Das vaterlose und zunehmend mutterlose Kind wächst zum herrenlosen Erwachsenen auf... Es besteht eine zentrale Aufgabe der Gesellschaft darin, sich die einzigartige Situation des menschlichen Kindes bewußt zu machen. Wissen wir um seine Abhängigkeit und tiefste Beeinflußbarkeit, dann muß sich die Gesellschaft selbst dazu erziehen, alle Interessen, die mit diesem Erziehungsziel konkurrieren, ihm unterzuordnen. Dies ist gewiß keine kleine Aufgabe, jedoch ist an sie die Frage des Überlebens der spezifisch humanen Lebensordnung geknüpft. In der Kindheit kann ein Leben ohne väterliches Vorbild ebenso wenig wie eines ohne die Nähe der Mutter folgenlos ertragen werden."

Über den unersetzlichen Dienst, den die Kinder den Erwachsenen leisten können, sagt Gertrud Höhler*:

„Die Abwehr gegen Kinder ist Ausdruck der verfehlten Selbstverwirklichungs-Ideologie. Das Kind ist kein Versuch, den man auf Probe wagen kann. Als der uns ausgelieferte, unerfahrene Mensch könnte es uns durch grenzenloses Zutrauen nötigen. vertrauenswürdig zu werden. Die Gewichte der Dinge verschieben sich für den, der mit Kindern umgeht. Ihre Abwehr gegen unsere materiellen Tröstungen ertappt uns bei der Verrohung unseres Wertbewußtseins, denn sie ziehen unsere Gegenwart den kostbarsten Geschenken vor.

Das erwartungsvolle Schauen der Neugeborenen trifft jeden Erwachsenen tief, wenn er sich darauf einläßt: eine Welt reinster Erwar-

* Gertrud Höhler, Rheinischer Merkur / Christ und Welt Nr. 42 Oktober 1980.

tung umfaßt ihn, ausgerechnet ihn, und sie, die Mutter. Erschrocken erkennen wir uns in Rollen für dieses Kind, die wir gar nicht zu füllen vermögen.

Die Furcht, daß jemand sich ganz auf sie verläßt, läßt viele Menschen heute vor Kindern ausweichen. Zukunftslos dem Genuß des Augenblicks verschrieben, möchten viele junge Leute ohne Zukunft bleiben. Kinder aber sind Zukunft, sie schaffen Schicksal... Jene Liebe, die wir von Kindern lernen, wenden wir bald auch unseren Mitmenschen zu. Das Kind ist ein verführerischer, ein listenreicher Lehrer. Es lockt uns in eine Welt, in der unser Wort gilt. Es fordert Tugenden von uns und lehrt uns, was die „Alternativen" wollen: Konventionen zu überprüfen und so etwas Kindliches lieben wie – die Wahrheit. Trost zu spenden lernen wir von Kindern, weil sie ihn brauchen; Trost, der vor allem uns selbst wieder sicherer macht, daß es lohnt, zu leben..." (gekürzt)

Die Rolle des Mannes und Vaters

Das Thema „Geschlechterrollen" soll mit einigen Gedanken zur Rolle des Mannes und Vaters abgeschlossen werden, obgleich von ihm, dem früher so unumschränkt über die Seinen Herrschenden, schon mehrfach die Rede gewesen ist. Wer Einblick in den Umgangsstil heutiger Paare hat, muß feststellen, daß im Bewußtsein vieler Männer heute noch Überbleibsel der patriarchalen Haltung gegenüber der Frau wirksam geblieben sind.

So ist es verständlich, daß in der neuen Frauenbewegung „die Männer" noch heute für den Machtmißbrauch der Vergangenheit verantwortlich gemacht werden. Verständlich, wenn persönliche schlechte Erfahrungen dieses Urteil zu bestätigen scheinen – aber doch abwegig, weil man die heute Lebenden weder für längst Vergangenes noch für ihre eigene Erziehung verantwortlich machen kann. Abwegig aber auch deshalb, weil Gegnerschaft keinen Weg in eine neue Zukunft offenläßt, weil Druck nur Gegendruck erzeugt. Frauen stünde es besser an, nach Albert Schweitzers Rat zu verfahren, der in seinen Erinnerungen feststellt: „Die Gütigkeit ist die einzig rationell wirkende Kraft, weil sie keine Gegenkraft hervorruft." Alle fortschrittlichen Frauen und Männern sollten zusammenwirken, um eine neue Freundschaft zwischen Mann und Frau zu ermöglichen, für welche die Zeit aus vielen Gründen reif ist.

Die beiden Rollen des Mannes in der Familie: seine Rolle als bester Freund seiner Frau – um es einmal anders auszudrücken als mit dem neutralen Wort „Partner" – und seine Vaterrolle sind gleich bedeutsam. Beide Rollen sind im Grunde nicht zu trennen. Sie sollten auch nicht getrennt werden. Es gibt jedoch neuerdings Experimente von Familienbeziehungen, die von jeder bisherigen Norm abweichen. Von einem solchen Modell soll zunächst die Rede sein, weil daran die Bedeutung der Vaterrolle besonders klar erkennbar wird.

Sind Väter überflüssig? „Mütter ohne Männer". Nicht von den zahlreichen verlassenen Frauen soll hier gehandelt werden, die sich heute wie eh und je tapfer mit ihren vaterlosen Kindern durchschlagen müssen. Es sind Frauen gemeint, die für sich das Recht in Anspruch nehmen, die Erfahrung der Mutterschaft mit voller Absicht ohne Zusammenleben mit dem Mann frei zu wählen und ein Kind ohne Vater aufzuziehen, weil sie es zu ihrer eigenen Freude und Befriedigung haben wollen. Sie lehnen die Ehe und die damit verbundenen häuslichen Pflichten ab. Ihre Zahl ist nicht groß, aber doch groß genug, daß es lohnt, ihre Einstellung zu Mann und Kind zur Kenntnis zu nehmen. In ihrem Buch „Mütter ohne Männer" sagt Barbara Bronnen, die mit vielen Frauen in dieser Lage gesprochen hat: „Heute ist nur eine erfolgreiche Frau in der Lage, einen solchen Schritt materiell und seelisch zu wagen. Es sind durchwegs Frauen mit einer guten Ausbildung und sie sind alle zwischen dreißig und vierzig Jahre alt."

Wenn man die Erfahrungsberichte der „Mütter ohne Mann" liest, fällt auf, daß alle, so verschieden sie im übrigen sind, mit fast den gleichen Worten davon sprechen, „sie hätten sich ein Kind angeschafft", „ein Kind schafft man in jedem Falle für sich selbst an", „ich wollte endlich ein Kind für mich allein", „sie hat sich ihren Sohn richtig angeschafft, der Mann weiß heute noch nicht, daß er Vater geworden ist"...

Nachdem diese Mütter alle gut verdienen, brauchen sie keinen Ernährer. Ihre Handlungsweise wird in dem genannten

Buch, ebenso in Berichten der Medien als Beweis großen persönlichen Mutes anerkannt und ohne Einwände respektiert. Nirgends erhebt sich eine Stimme, die solches Experimentieren mit Kindern zum Zweck des persönlichen Vergnügens in Frage stellt. Angesichts der hier geübten absichtlichen Ausklammerung des Vaters, selbst derjenigen Väter, die unbedingt heiraten und nicht auf ihr Kind verzichten wollten, ist es angebracht zu fragen, welche Folgen die Vaterlosigkeit für die betroffenen Kinder hat. Es geht also um die Frage: wozu, abgesehen von der Zeugung, braucht ein Kind seinen Vater?

Die Rolle des Vaters im Leben seines Kindes. Hier geht es nicht um die Legitimität. Die Vorurteile gegenüber nichtehelich Geborenen sind, vor allem in der Großstadt, kaum mehr wirksam. Das Kind braucht den Vater nicht in erster Linie dafür, daß es den Stempel „ehelich geboren" in seinem Geburtsschein bekommt. Ist es wirklich notwendig zu sagen, daß ein Kind Vater und Mutter braucht?

Das Kind ist, wie mehrfach betont, von Anfang an ein Mädchen oder ein Junge, eine künftige Frau, ein künftiger Mann. Erst Mann und Frau zusammen sind der ganze Mensch, das ist nicht nur eine Erinnerung aus biblischer Zeit. Wie soll ein Kind, das nur mit einer Frau oder Frauen aufwächst, begreifen, was es mit den zweierlei Menschen auf sich hat? Wie anders als bei Vater und Mutter kann es langfristig miterleben, wie zwei Erwachsene verschiedenen Geschlechts miteinander umgehen, miteinander auskommen, sich streiten und wieder versöhnen, einander trösten und helfen?

Wenn der Tod, Irrtum oder menschliches Versagen die Ursache der Vaterlosigkeit ist und die Mutter zum Alleinerziehen zwingt, haben sich Frauen immer dieser Aufgabe gestellt und, wie die Millionen Kriegerwitwen zweier Weltkriege die doppelte Rolle von Vater und Mutter übernommen. Doch sind solche Notlösungen keine Beweise für die Überflüssigkeit des Vaters und nicht mit absichtlicher Vaterlosigkeit zu vergleichen. Man kann nur ahnen, was die Millionen Kriegswaisen von 1914–18 und 1939–45 in ihrer seelischen Entwicklung an

Mangelerfahrungen davongetragen haben, weil ihnen der Vater gefehlt hat. Die Waisen des letzten Krieges und die Scheidungswaisen der letzten Jahrzehnte sind die Generation heutiger Eltern, die Generation der Bindungsschwäche und der häufigen Scheidungen.

In folgendem soll die Vater-Kind-Beziehung in einigen ihrer wichtigsten Auswirkungen geschildert werden.

Der Vater am Anfang neuen Lebens. Auf die Gefahr hin, ein unbeliebtes Wort zu wiederholen, sei es noch einmal gesagt: Kinder brauchen eine heile Welt, sogar schon vor ihrer Geburt. Es gibt keine bessere Voraussetzung für das harmonische Werden eines Menschenkindes als eine Atmosphäre der Einigkeit von Vater und Mutter. Der Einfluß des Vaters beginnt schon in der ersten Zeit der Schwangerschaft. Art und Ausmaß der geheimnisvollen Ströme, die vom Vater zur Mutter und über sie zum ungeborenen Kind gehen, kann keiner messen. Der neue Wissenschaftszweig der „Pränatalen Psychologie" befaßt sich damit wie mit allem anderen, das im Guten wie im Schlimmen über die Mutter auf das Seelenleben des werdenden Kindes einwirkt*. Sicher ist, daß ein von *beiden* Eltern erwünschtes oder bejahtes Kind die besten Vorbedingungen für eine ungestörte Entwicklung im Mutterleib vorfindet. Das Gegenteil – Streit, Ablehnung, Angst, Kummer, Verzweiflung – kann den Hormonhaushalt der Mutter nachweisbar beeinflussen, was sich auf das Kind als Teil des mütterlichen Leibes negativ auswirken kann – „was kränkt, macht krank".

Der Vater als zweite Bezugsperson des Kindes. Es gibt Mütter, für die die Beziehung zu ihrem Säugling so überwältigend und ausschließlich ist, daß der Vater darin keinen Platz zu finden scheint. Solche Ausschließlichkeit trägt die Gefahr in sich, daß der Vater sich angewöhnt, abseits zu stehen und unter Umständen Eifersucht gegenüber dem kleinen Eindringling empfindet, sodaß er später nur schwer ein herzliches, entspanntes

---

* Werner Gross, Was erlebt das Kind im Mutterleib? Herderbücherei Band 958, Freiburg 1982.

Verhältnis zu seinem Kind finden kann. Solche zwiespältigen Gefühls-Schwingungen können in der Mutter die Sorge aufkommen lassen, das Kind störe ihre Beziehung zum Partner. Das alles muß nicht sein und wird am besten durch die Einbeziehung des Vaters in die Fürsorge für das Kind von Geburt an vermieden. Männer reagieren fast immer genau so wie Frauen auf die Hilflosigkeit und den Liebreiz des Säuglings, wenn man ihnen Gelegenheit dazu gibt. Die Mutter sollte darum bereit sein, die Pflege des Kindes mit dem Vater zu teilen.

Nach der Geburt, die gemeinsam zu erleben immer mehr Eltern anstreben, ist die positive Einstellung des Vaters zu seinem Kind von größter Bedeutung. Der Vater, der das Stillen bejaht, und die Mutter durch Hilfeleistungen entlastet, übt einen entscheidenden Einfluß auf die gute Stillfähigkeit der Mutter aus. Umgekehrt erleben Väter, die von Anfang an aktiv Einfluß auf die Entwicklung ihres Kindes nehmen, daß dies ihnen hilft, ganz neue Seiten ihres Wesens, neue Fähigkeiten auszuleben.

Wie eine Welle breitet sich diese neue Väterlichkeit aus. Die Medien bemächtigten sich rasch des „neuen Vaters“, brachten Berichte und rührende Bilder von Vätern beim Baden des Säuglings, beim Füttern, bei der Ausfahrt. Weil eine neue Erkenntnis anscheinend zunächst immer übertrieben werden muß, konnte man Überschriften lesen wie „Sind Väter die besseren Mütter?“ Dazu wurden „wissenschaftliche“ Untersuchungen veröffentlicht, denen zufolge Väter ihre Babys durch originelle, waghalsige Spiele angeblich geistig viel besser fördern als das Mütter tun können, weil Mütter (wiederum angeblich) *immer* nur eine „behütende“ Haltung ihrem Kind gegenüber einnehmen sollen. Solche Theorien sind wirklichkeitsfremd und deshalb schädlich, weil sie geeignet sind, die heute selbst auf ihrem ureigensten Gebiet oft nicht mehr natürlich reagierenden Mütter noch mehr zu verunsichern. Daß der Vater anders mit seinem Kind spielt, als es die Mutter tut, daß er überhaupt ganz anders *ist* als sie, das macht ja gerade die Bereicherung des Kindes durch die abwechselnde, intensive Zuwendung *beider* Eltern aus! Warum denn daraus eine Abwertung der Mutter ableiten?

Es ist ein Zeichen unserer kranken Zeit, daß in einer so elementaren Frage, wie es die Bedeutung von Vater und Mutter für ihr Kind ist, zwei so total einander entgegengesetzte, zugleich aber auch total an der Wirklichkeit vorbei theoretisierende Meinungen ernsthaft vertreten werden können: die *Unter*schätzung und die *Über*schätzung des Vaters!

Väter und Söhne. Auf Jungen und Mädchen wirkt sich der Einfluß eines guten Vaters auf verschiedene Weise aus, hinterläßt sein Versagen oder Fehlen jeweils andere Mangelerfahrungen. Es wurde bereits ausgeführt, wie sehr ein Kind auf ein Vorbild seines eigenen Geschlechts innerhalb der Familie angewiesen ist, um seine eigene Geschlechtsrolle zu erkennen und anzunehmen. Dieses Vorbild stellt für den kleinen Sohn natürlicherweise der.täglich erlebbare Vater dar. Je besser er seine Rolle als Identifikationsobjekt spielt, umso hilfreicher für den Jungen. Neben vielen anderen positiven Erfahrungen bedeutet insbesondere seine Art des Umganges mit der Mutter, seine Ritterlichkeit, seine Zärtlichkeit, seine Hilfsbereitschaft auch in den kleinen Dingen der alltäglichen Haushaltsbewältigung für den Sohn eine „Schule der Liebe" und haben tiefgehenden Einfluß auf die späteren Beziehungen des jungen Mannes zu Frauen.

Sicher besteht auch ein Zusammenhang zwischen der Arbeitshaltung des Vaters und der späteren Einstellung des Kindes zu Arbeit und Beruf. Leistung und Erfolg des Vaters können einen Ansporn bedeuten, es ihm gleichzutun; ständige Abwesenheit von der Familie, Nervosität und Hektik ist jedoch keine Lebensform, die zur Nachahmung begeistern kann, übertriebene Berufsbesessenheit und Jagd nach immer mehr Geld bei gleichzeitiger Vernachlässigung von Frau und Kindern schon gar nicht. Solche Auswüchse des Erfolgstrebens können heutige Jugendliche und junge Männer eher zum „Aussteigen" aus der Familie und der Gesellschaft als zur Leistungsbereitschaft veranlassen.

Väter und Töchter. Entsprechend des lange Zeit vorherrschenden patriarchalischen Systems wurde über die Vater-Tochter-

Beziehung vergleichsweise nur wenig nachgedacht und geschrieben; die Vater-Sohn-Beziehung, die Rivalität zwischen dem jungen und dem älteren Mann dagegen hat vielerlei Stoff für Werke der Weltliteratur geliefert. Und doch spielt der Vater für die gesunde seelische Entwicklung des Mädchens eine mindestens ebenso wichtige Rolle wie für die der Söhne. Die Erfahrungen der vielen vaterlosen Töchter der letzten Jahrzehnte, ob sie Waisen durch den Tod des Vaters oder durch Scheidung der Eltern wurden, beweist dies in einem unfreiwilligen Massen-Experiment. Es ist tragisch, wie wenig wirkliches Verständnis vaterlose Mädchen und Frauen oft zeitlebens für das männliche Geschlecht haben, insbesondere dann, wenn sie auch ohne Bruder aufgewachsen sind. Die Folge sind häufige Irrtümer in der Partnerwahl und mangelnde Einfühlung in die Bedürfnisse des Mannes bei bestehender Verbindung, eine fehlende Intuition im Umgang mit dem Mann, freilich ohne eigene Schuld, aber häufig zum eigenen Schaden.

In einer normalen Vater-Tochter-Beziehung ist der Vater der erste Mann, den das kleine Mädchen von Herzen bewundert und liebt. Früh beginnt die kleine Tochter mit ihrem Vater zu flirten und diese Zuneigung wird auch von ihm erwidert. Wenn die heranwachsende Tochter noch die Überzeugung haben kann, daß ihr Vater ihrer Bewunderung und Liebe wert ist, wird sich dies überaus positiv für ihre Fähigkeit zu kritischer Partnerwahl auswirken und sie vor vielen Irrtümern bewahren.

„Väter ohne Frauen“. Abschließend soll noch auf eine Zeiterscheinung hingewiesen werden, die wohl in ihrer Art und in heutigem Ausmaß noch nie vorher in der Geschichte der Industrievölker zu beobachten war: es sind die „alleinerziehenden Väter“, wobei zu unterscheiden ist zwischen solchen, die dies nur dem Namen nach, den Ämtern gegenüber im juristischen Sinne sind, die tägliche Arbeit mit den Kindern jedoch einem weiblichen Wesen gleich welcher Art, bezahlt oder unbezahlt, überlassen – und solchen, die sich wirklich ohne Hilfe von außen ihrem Kind oder den Kindern widmen. Sie sind zum Teil ein Spiegelbild der „Mütter ohne Männer“, aber doch nur sehr

zum Teil, weil sie sich fast nie freiwillig auf dieses Abenteuer eingelassen haben. Auch ist zu erwarten, daß diese Ausnahme-Situation bei Vätern nicht wie bei den Müttern viele Jahre, sondern nur eine begrenzte Zeit dauern kann.

Vor einiger Zeit lieferten solche „Vater-Familien" Schlagzeilen für die Presse. Es gab eine Serie mit dem Titel: „Väter, die auch Mütter sind" mit Fotos aus dem Alltag der Männer, die – von ihren Frauen verlassen – mit den Kindern allein geblieben sind. So geschah es auch dem Fernfahrer, der daraufhin seine drei Kleinen wochenlang im Lastauto auf große Fahrt mitnahm, bis ihm das Jugendamt mit Heimeinweisung der Kinder drohte, „da ein Lastwagen kein Aufenthalt für Kleinkinder sei". Daraufhin gab er seine Arbeit auf und versorgte, unterstützt durch die Sozialhilfe seine Kinder zuhause „wie eine Mutter".

Ein anderer Vater, Schiffskoch von Beruf, fand bei der Rückkehr von Übersee seine drei Kinder durch mangelhafte Pflege verwahrlost vor – die Mutter war auf und davon gegangen. Er gab seinen Beruf auf und ließ sich in einem Großbetrieb zum Metallarbeiter anlernen, wo ihm weitgehend die Möglichkeit eingeräumt wurde, in Spätschicht zu arbeiten. So konnte er tagsüber seine Kinder nach deren Rückkehr aus Kindergarten und Schule selber versorgen, zwei Jahre lang, bis er eine gute zweite Mutter für sie fand.

Für die Fragestellung des vorliegenden Buches sind die Leistungen solcher Väter insofern von grundsätzlicher Bedeutung, als sie bisher scheinbar unüberwindliche Grenzen der Geschlechtsrolle „Mann" erfolgreich überschritten haben. Dabei erfüllten sie die materiellen wie die seelischen Bedürfnisse ihrer Kinder unter völliger Hintanstellung ihrer eigenen Bequemlichkeit – auch dies „ganz wie eine Mutter". Solche unfreiwillig unternommenen Experimente sollten auch den Ungläubigsten von der Wandelbarkeit alter Rollenbilder überzeugen.

Teil III

Die Verwirklichung von Partnerschaft im Alltag

> „Heiraten, eine Familie gründen, alle Kinder, welche kommen, in dieser unsicheren Welt erhalten und gar noch ein wenig führen, ist nach meiner Überzeugung das Äußerste, was einem Menschen überhaupt gelingen kann." *Franz Kafka*

Als Franz Kafka dies Loblied auf Ehe und Familie in einem Brief an seinen Vater schrieb (1919), war „Familie" überwiegend ein Verbund von drei Generationen, wobei der Großmutter eine wesentliche Bedeutung zukam und im mittleren Bürgertum kein Haushalt ohne ständige Hilfskräfte zu denken war. Das ist längst anders geworden, ebenso wie heute die Bereitschaft fehlt, so viele Kinder als ehedem aufzuziehen. Geblieben ist Ehe und Familie als eines der letzten Abenteuer, die dem modernen zivilisierten Menschen noch erreichbar sind: es bedeutet das eigene Leben mit dem eines zweiten, völlig fremden Menschen zu verbinden und dazu noch einen oder mehrere kleine Gäste einzuladen.

Jede solche Verbindung ist heute ein Akt des Mutes und der Entschlossenheit, unbeirrt von den negativen Parolen des Zeitgeistes seinen Weg zu gehen, und ist jeder Ermutigung und Unterstützung wert.

In Teil I und II des vorliegenden Buches wurden die Grundtatsachen dargelegt, mit denen bei diesem Unterfangen zu rechnen ist und die sich zum Teil aus der menschlichen Natur, zum Teil aus der überlieferten Kultur und der modernen Zivilisation ableiten lassen.

In Teil III soll nun das Versprechen eingelöst werden, das dem Leser im Buchtitel gegeben wurde. „Glück" wurde da zugesagt, Glück durch mehr Zusammenarbeit. Spielregeln, die sich in anderen Partnerschaften bewährt haben, sollen weitergegeben und dadurch zu eigenen Experimenten angeregt werden.

Zu allen Zeiten hat die Frau und Mutter die Hauptlast für das Gelingen einer Zweierbeziehung und für das Gedeihen der Kinder getragen. Heute erfüllt Un-Rast, Un-Sicherheit und Un-Zufriedenheit viele junge Frauen, wenn sie zwischen ihrem natürlichen Drang zum Nestbau und der realen Angst, hernach auch bei bestehender Ehe mit den Familienaufgaben alleingelassen zu werden, hin- und hergerissen sind. So wird denn in unseren Tagen der Mann aufgerufen, mehr als bisher das Seine dazu beizutragen, um das Glückshaus zu zimmern, das ihm und den Seinen Heimat werden soll.

Ein Mann appelliert an die Männer

Wie sehr die Zukunft von Ehe und Familie von der Neuorientierung der *Männer* abhängt, haben Frauen und Männer der jüngeren Generation klar zum Ausdruck gebracht; als Beispiel für viele die Stimme eines dreifachen Vaters, Jahrgang 1939:

„Die Zahl der Scheidungen, der kindlichen Verhaltensstörungen, weiblicher Depressionen und männlicher Herzinfarkte im Gefolge innerlich und äußerlich kaputter Familien wird weiter anwachsen. Der Mann ist aber nicht nur Opfer, sondern im Gegensatz zu Frau und Kind auch Täter. Dies kann nur heißen: ein gesundes Zusammenleben der Geschlechter und Generationen in so etwas wie Familie kann heute nur dort geschehen, wo der Täter Mann sein Verhalten ändert und der Familie dadurch neue, überlebensfähige Strukturen überhaupt erst ermöglicht. Damit sind wir bei der entscheidenden Frage: kann der Mann, können die Geschlechter überhaupt ihr rollentypisches Verhalten so mir nichts, dir nichts ändern?

So mir nichts, dir nichts sicher nicht! Aber ändern überhaupt? Ja, das geht."

„Unter jungen Männern der gebildeten Mittelschicht, vor allem bei Studenten und Jung-Akademikern, ist eine noch kleine, aber deutlich zunehmende Zahl von Menschen zu beobachten, die das alte Klischee ‚Mann draußen, Frau drinnen' überwunden haben und bereit sind, sich in die in der Partnerschaft anfallenden Arbeiten des Geldverdienens, Haushaltens und der Kindererziehung von Anfang an wirklich symmetrisch zu teilen." So schreibt E. Kloehn in seinem Buch „Die neue Familie":

„Die materielle und immaterielle Leistung des Haushalts, der nicht entlohnten Familientätigkeit wird in unserem Sozialprodukt vergessen. Mit ihnen wurden und werden die Leistenden, vorwiegend die (Haus)-Frauen vergessen. Da wir aber diese Leistungen nicht entbehren können, müssen wir nach Wegen suchen, sie wieder interessant zu machen – und zwar für *Männer* und Frauen. Die Betonung liegt auf *Männer*. Eine Tätigkeit, die einseitig nur einem Geschlecht zugeschoben wurde, kann nur aufgewertet werden, wenn sie von beiden Geschlechtern neu erfaßt wird."*

Daß es sich bei den Pionieren einer neuen Männlichkeit noch um eine Minderheit handelt, bedeutet nicht, daß ihrem Beispiel nicht schon bald mehr folgen werden. Amerikanische Soziologen haben festgestellt, daß sieben bis zehn Prozent von Trägern neuer Verhaltensweisen genügen, um in einer Gesellschaft innerhalb von wenigen Jahren einen Wandel herbeizuführen. Als Beispiel kann das Verhalten junger Väter in unserem Land herangezogen werden, die zuerst nur vereinzelt, heute bereits in größerer Zahl ihre Babys im Wagen ausfahren oder auch am Körper mit sich tragen. Solches Verhalten wäre noch vor wenigen Jahrzehnten als unmännlich abgelehnt und keinesfalls nachgeahmt worden.

Nur 200 Tage am Arbeitsplatz Zeit genug für Zusammenarbeit!

Im Zusammenhang mit der hohen Arbeitslosigkeit wird von vielen Seiten eine allgemeine Verkürzung der Wochenarbeitszeit gefordert, um die vorhandene Arbeit gerechter zu verteilen; es ist wahrscheinlich, daß die 35-Stunden-Woche nicht

---

* F. Oberländer in „Die Familie", Organ des Deutschen Familienverbandes 3/82.

mehr ferne ist. Aber selbst dann, wenn man die 40-Stunden-Woche zu Grunde legt, ist das Verhältnis von Arbeitszeit zu Freizeit für die meisten Arbeitnehmer im Jahresdurchschnitt schon jetzt derart günstig, daß auch ohne radikale Lösungen – wie Rollentausch von Mann und Frau – genügend Zeit für die Beteiligung des Mannes an der Familienarbeit bleibt. Dabei kommt es selbstverständlich auf die Art des Berufes an: Das Bedürfnis nach Entspannung nach der Arbeit wird beim körperlich schwer Arbeitenden anders befriedigt als bei den Vielen, die acht Stunden und länger im Sitzen arbeiten müssen und jede Bewegung, auch die bei der Hausarbeit und Kinderbetreuung als willkommenen, gesunden Ausgleich begrüßen könnten. Über das „Wann“, „Was“ und „Wieviel“ der Beteiligung des Mannes an der Familienarbeit zu einer beide Teile befriedigenden Einigung zu gelangen, dürfte in einer guten Partnerschaft nicht allzu schwierig sein. Die Überforderung einer vorhandenen Hilfsbereitschaft des Mannes muß allerdings ausgeschlossen sein – auch das muß aus Erfahrung angemerkt werden – kein Partner darf den anderen ausnützen.

Von den 365 Tagen des Jahres 1979 waren:

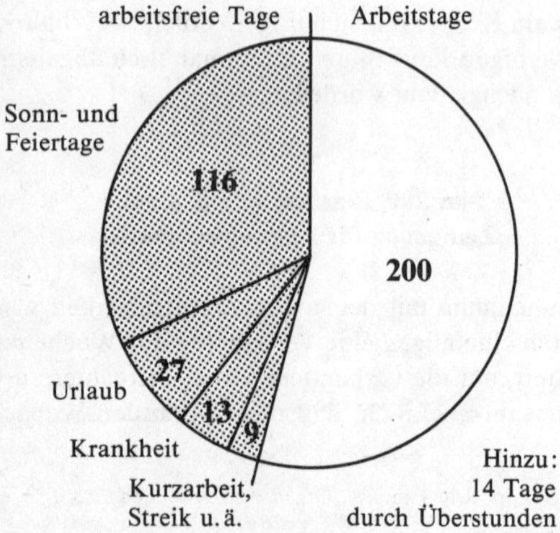

Über den Rollentausch zwischen Mann und Frau

Wenn von der Notwendigkeit der Überwindung überlieferter Geschlechtsrollen die Rede ist, bedeutet es nur einen weiteren Schritt und man ist beim vieldiskutierten Rollentausch angelangt. Überraschend ist es, daß in einem weit verbreiteten Volkslied schon vor 400 Jahren von einem solchen Tausch der Rollen zwischen Mann und Frau die Rede war, allerdings auf solche Art, daß dies Beispiel nicht zur Nachahmung ermuntert hätte. Es lautet:

Es war einmal ein kleiner Mann,
ein großes Weib, das wollt er han.

„Ei Frau, ist es denn noch nicht bald Zeit,
daß du mir ein Brot abschneidst?

„Und eh ich dir ein Brot abschneid,
Mußt du den Gänsen Disteln schneidn."

Die große Frau wollt zum Tanze gehn,
der kleine Mann wollt auch mitgehn.

„Ei Mann, du mußt daheime bleibn,
Mußt Schüssel und Teller reibn."

Die große Frau vom Tanze kam,
das kleine Männlein saß – und spann.

Das Lied wurde erstmals 1535 aufgezeichnet und ist durch Jahrhunderte in verschiedenen Fassungen in Sachsen bis in der Schweiz gesungen und 1893 in Erck-Böhmes „Liederschatz" aufgenommen worden. Die Aussagen des Liedes sind insofern bemerkenswert, als nach der damals herrschenden Vorstellung vom großen, starken und schon deshalb der Frau überlegenen Mann bei einem Rollentausch die Frau auch die Größere sein muß. Die grobe Anrede der Frau spiegelt wohl den Umgangston vieler Männrer ihren Frauen gegenüber wider – nur ist diesmal alles umgekehrt. Ein solcher Rollentausch ist aber so undenkbar und unmöglich, daß er nur in einem Spottlied dargestellt werden konnte. Anders heute. Rollentausch in verschiedenen Graden der Vollständigkeit ist heute denkbar und wird auch praktiziert.

Der Mann als Hausmann – der hundertprozentige Rollentausch. Wenn der Vater zeitweilig alle Aufgaben der Mutter einschließlich der Betreuung kleiner Kinder übernimmt, während die Frau ihren Beruf weiterführt und das nötige Geld verdient, ist das die radikalste Absage an bisherige Geschlechter-Rollen. Es gibt Notfälle in Familien, in welchen eine solche Lösung Krisen überbrücken kann, wenn zum Beispiel der Mann arbeitslos oder krank wird, so daß er nicht in die Arbeit gehen kann. Berichte über solche Fälle dringen jedoch selten an die Öffentlichkeit. Die Fälle, über die berichtet wird, betreffen meist junge Menschen, Studenten oder Freiberufliche, wie den Architekten in Alena Wagnerovà's Buch „Mutter–Kind–Beruf", der die Hausmann-Rolle längere Zeit gespielt hat, um seiner Frau eine Weiterbildung in ihrem ärztlichen Beruf zu ermöglichen. Er ist stolz, die Alltagsarbeit mit zwei Kleinkindern so gut wie seine Frau leisten zu können. Daneben aber ist er teilweise noch in seinem Beruf tätig und besucht Baustellen und Besprechungen mit dem Baby auf dem Arm und dem Kleinkind an der Hand. Er berichtet über die wichtigsten Erkenntnisse aus der Hausmann-Zeit: nur durch die totale Stellvertretung konnte er die Leistung seiner Frau als Hausfrau und Mutter voll würdigen, aber auch ihr Verlangen nach dem eigenen Beruf ganz begreifen.

Solche gelungenen Experimente verdienen Anerkennung, weil sie der Allgemeinheit wichtige Aufschlüsse über bisher kaum erprobte Möglichkeiten des Rollentausches vermitteln, wenn es auch nur wenige sein werden, die diesem Beispiel folgen können. Dazu sind die Arbeitsbedingungen der Mehrheit ungeeignet, vor allem sind die Einkommen der Männer im allgemeinen wesentlich höher als die der Frauen, so daß ein totaler Rollentausch immer ein Absinken des Lebensstandards der Familie mit sich bringen würde.

Rollentausch 50:50. Die Teilung aller Aufgaben zwischen Mann und Frau durch Halbtagsarbeit im Beruf und in der Familie. Diese Lösung wird in der heutigen einschlägigen Literatur seit

Jahren als das Allheilmittel für alle Probleme der Kleinfamilie gepriesen, als da sind: Väter, die ihren Kindern entfremdet sind, Mütter, die Heimweh nach ihrem Beruf haben und die sich die Türe zum späteren, vollen Einstieg in die Arbeitswelt offenlassen wollen, Verwirklichung echter Gleichstellung von Mann und Frau. (Elisabeth Dessai, Ester Vilar, Ruth Martin, Ekkehard Kloehn und andere). Über solche Halbtags-Tausch-Lösungen liegen schon mehr Erfahrungsberichte vor und es scheinen großenteils gute Erfahrungen zu sein, was die Auswirkungen auf die – meist noch sehr jungen – Partner und ihre Kinder anbelangt. Freilich müssen auch hier viele Umstände zum Gelingen beitragen: die Berufe der Eltern müssen zum Schichtdienst geeignet und die Arbeitsplätze der Eltern nicht zu weit vom Wohnplatz entfernt sein, Arbeitgeber müssen gefunden werden, die auf Halbtagsarbeit eingehen, und andere Vorbedingungen mehr erfüllt sein. Für Berufe mit koordinierender Tätigkeit und hoher Verantwortung, aber auch für stark personenbezogene Berufe, wie sie von einer Chefsekretärin oder der Sprechstundenhilfe eines Facharztes ausgeübt werden, dürfte Halbtagsbeschäftigung schwieriger durchzuführen sein. Wo immer aber solche 50:50-Regelungen gelingen, werden Eltern und Kinder unabhängig von fremder Hilfe oder Kollektiv-Einrichtungen wie Krippen. Dadurch schließt sich die Familie besonders eng zusammen und der Vater bekommt ein ganz neues Verhältnis zu seinen Kindern. Die Mutter kann den Kontakt zu ihrem Beruf halten oder auch eine Ausbildung beenden, weil sie weitgehend von Haushaltsarbeiten entlastet ist. Solche Arbeitsverhältnisse zu fördern, wäre sicher im Interesse der jungen Familien, falls die wirtschaftliche Entwicklung dies in naher Zukunft zulassen würde.

Auswirkungen eines Rollentauschs auf die seelische Entwicklung von Kindern. Das Kind findet seine Geschlechtsrolle, wie mehrfach ausgeführt, im Alter zwischen drei und sechs Jahren normalerweise im Umgang mit dem gleichgeschlechtlichen Elternteil durch Nachahmung und Identifikation. Es leuchtet ein, daß dieser Prozeß gestört werden könnte, wenn sich Vater und Mutter in ihren Funktionen nicht mehr klar unterscheiden ließen, wie das beim 100prozentigen Rollentausch der Fall ist. Doch selbst da ist vor allem bei Babys und Schulkindern kaum eine ungünstige Wirkung zu befürchten, im Gegenteil: jede loyale Zusammenarbeit der Eltern wird einen guten Einfluß auf die seelische Entwicklung von Kindern ausüben. Bei der Halbtags-Lösung tritt eine solche Gefahr überhaupt nicht auf, weil jedes Elternteil in beiden Funktionen, im Familien- wie im Berufsbereich, erlebt werden kann. Ob ein Rollentausch von kürzerer oder längerer Dauer durchgeführt wird – er bedeutet in jedem Fall einen eindrucksvollen Anschauungsunterricht für die nachwachsende Generation dafür, daß tatsächlich eine Auflockerung der erstarrten Geschlechterrollen von Mann und Frau erreicht werden kann, wenn in erster Linie der Mann über seinen eigenen Schatten zu springen bereit ist.

Voraussetzungen für das einfache Glück des Alltags

Leitsätze

1. Die Überwindung der starren Geschlechtsrollen von Mann und Frau, ohne Preisgabe des Besonderen der beiden Geschlechter.
2. Die bewußte Aufarbeitung der tiefsitzenden Reste von patriarchalischen Vorstellungen von der Überlegenheit des Mannes und der Minderwertigkeit der Frau, unter besonderer Berücksichtigung der Überempfindlichkeit moderner junger Frauen.
3. Die Neuentdeckung des Familienhaushalts als einem Betätigungsfeld zur Einübung für partnerschaftliches Verhalten.
4. Das Ernstnehmen von Bedürfnissen der Mutter auch nach anderer als nur Haushalts- und Erziehungstätigkeit, sofern die Bedürfnisse kleiner Kinder dem nicht entgegenstehen.
5. Unterstützung der langfristigen Vorbereitung späterer außerhäuslicher Aktivitäten der Mutter durch Stellvertretung des Mannes.
6. Die frühzeitige Gewinnung der Kinder für die häusliche Mitarbeit durch das Vorbild beider Eltern und geduldige Anleitung.

7. Geben und Nehmen sollten sich die Waage halten. Das Glück des einen kann nicht auf Kosten des anderen auf Dauer verwirklicht werden. Kein Glied der Hausgemeinschaft soll überfordert werden und das jeweils der Hilfe bedürftigste der Hilfe aller sicher sein.

Der Haushalt als Lebensform und Arbeitsplatz

Von den rund 60 Millionen Einwohnern der Bundesrepublik lebt der größte Teil, nämlich 98 Prozent, in privaten Haushalten. Der Rest von 2 Prozent verteilt sich auf die Bundeswehr, auf die Insassen von Heimen und Kliniken und auf die Strafgefangenen. Längst sind es nicht mehr allein Ehepaare und Familien, die in einem Haushalt zusammenleben. Wie schon berichtet wurde, ist die Zahl der Einpersonenhaushalte, der nichtehelichen Lebensgemeinschaften und der Wohnkollektive (Wohngemeinschaften) im Steigen begriffen.

Kennzeichnend für den Haushalt ist die gemeinsam geführte Hauswirtschaft, vom Einkauf bis zum Verbrauch, wie auch der gemeinsame Herd, die Küche als Herz des Haushalts. Eine der frühen sozialistischen Utopien, die Beseitigung der individuellen Küche als Vorbedingung für die Befreiung der Frau, wurde von August Bebel in seiner heute wieder viel gelesenen Schrift „Die Frau und der Sozialismus" empfohlen: „Die Privatküche ist für Millionen Frauen eine der anstrengendsten, zeitraubendsten und verschwenderischsten Einrichtungen, bei der ihnen Gesundheit und gute Laune abhanden kommt und die ein Gegenstand der täglichen Sorge ist. Die Beseitigung der Privatküche wird für ungezählte Frauen eine Erlösung sein... Durch Zentralnahrungsbereitungsanstalten wird die häusliche Küche in vollkommener Weise überflüssig gemacht.

In und um Berlin bestehen schon mehrere große Einküchenhäuser. Hier wird in der gemeinsamen Küche das Essen für sämtliche Hausbewohner hergestellt." (1879)

Die wenigen Einküchenhäuser sind sang- und klanglos verschwunden. Es kann kaum ein Zweifel darüber bestehen, daß der Haushalt mit eigener Küche immer noch zu den ursprünglichsten Bedürfnissen der meisten Menschen in unserer Gesellschaft gehört.

Der Familienhaushalt auf der Anklagebank. Der städtische Familienhaushalt muß sich seit längerem gegen Anschuldigungen verteidigen, die alle darauf hinauslaufen, daß seine Aufgaben durch die technische und wirtschaftliche Entwicklung derart geschrumpft seien, daß er keines erwachsenen Menschen würdigen Haupt-Arbeitsplatz mehr darstelle. Seit Jahren kann man in wissenschaftlichen wie populären Schriften lesen, daß heute im Haushalt keinerlei Erzeugung von Gütern mehr stattfinde. Selbst in der Küche, einst Schauplatz intensiver Produktionsarbeit, habe sich das Schwergewicht auf Dosenöffnen und Aufwärmen von Fertiggerichten verlagert, das Wegwerfen und der Neukauf von Strümpfen sei an die Stelle von Stricken und Flicken getreten, um nur einige Beispiele zu nennen.
Richtig ist, daß die Hauptrolle des privaten Haushalts diejenige des Endverbrauchers für viele Güter und Leistungen geworden ist. Mit dieser Rolle ist er eingefügt in den Kreislauf der Wirtschaft. Für das Gedeihen der einzelnen Familie wie der gesamten Volkswirtschaft ist es von Bedeutung, ob der „Kleinbetrieb Haushalt" wirtschaftlich arbeitet oder nicht. Das kann man vor allem an den mehr oder minder hohen Ersparnissen ablesen, die von privaten Haushalten in Geldinstituten angespart und damit der Wirtschaft, zum Beispiel der Bauindustrie, in Form von Bausparguthaben zufließen.

Diese Sparfunktion der Haushalte leuchtet jedem ein. Nur wenige sind sich jedoch bewußt, daß auch im städtischen Privathaushalt noch echte Gütererzeugung und -veredelung stattfindet.

Die Produktionsleistungen des privaten Haushalts. Eine falsche Behauptung wird nicht dadurch wahr, daß sie ständig wiederholt wird. Die Parole von der Unproduktivität des Haushalts kann sachlich widerlegt werden, wenn man zunächst klarstellt, was im volkswirtschaftlichen Sinn unter „Produktivität"

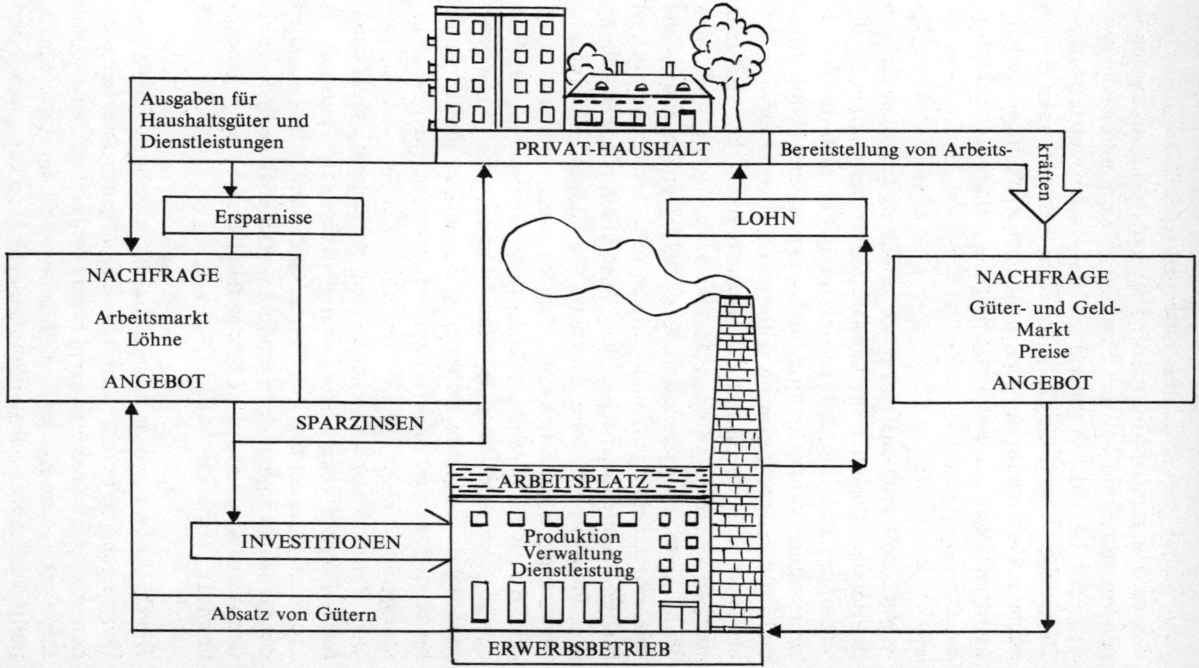
Ausgaben für
Haushaltsgüter und
Dienstleistungen
PRIVAT-HAUSHALT
Bereitstellung von Arbeits-
kräften
Ersparnisse
LOHN
NACHFRAGE
Arbeitsmarkt
Löhne
ANGEBOT
NACHFRAGE
Güter- und Geld-
Markt
Preise
ANGEBOT
SPARZINSEN
ARBEITSPLATZ
INVESTITIONEN
Produktion
Verwaltung
Dienstleistung
Absatz von Gütern
ERWERBSBETRIEB

zu verstehen ist. Ferner müssen die einzelnen Tätigkeiten, die sich zu dem bunten Mosaik der Haushaltsarbeit zusammenfügen, geordnet und auf ihre Produktivität hin untersucht werden. Für das Selbstverständnis von Hausfrauen und ihrer mithelfenden Angehörigen sind solche Feststellungen ebenso wichtig, wie auch für die Auseinandersetzung mit gesellschaftlichen Kräften, die nur Erwerbsarbeit als „Arbeit" anerkennen.

Nach volkswirtschaftlicher Lehrmeinung gehören zur Produktion unter anderen die Landwirtschaft, der Gartenbau, die Erzeugung von Industrie-Fertigwaren, aber auch die Weiterverarbeitung von Rohstoffen und sogenannten „Halbfabrikaten", die bis zur „Konsumreife" noch einen Arbeitsprozeß erfordern. Auf den Familienhaushalt bezogen, bedeutet zum Beispiel die Herstellung von Mahlzeiten aus den Zutaten Mehl, Eiern, Zucker, Fleisch, Kartoffeln, Gemüse eine solche Weiterverarbeitung bis zum Endverbrauch. Sichtbarer noch ist die Produzenteneigenschaft des Haushaltes an der Herstellung von Pullovern, Wäsche, Kleidern, Vorhängen und anderen Heimtextilien aus Strickwolle, Stoffen, Kurzwaren und anderen Zutaten nachzuweisen. Ganze Industrien sind mit der Herstellung solcher textilen Halbfabrikate wie auch von Materialien für Malen, Tapezieren, Bodenlegen und Kleinmöbelherstellung und andere handwerkliche Arbeiten im Haushalt befaßt.

In Zeiten wirtschaftlicher Krisen, vor allem immer dann, wenn Bargeld knapp wird, erlangt der private Haushalt als Produktionsstätte, zugleich aber auch das praktische Können der Haushaltsangehörigen erhöhte wirtschaftliche Bedeutung, denn: auf Grund von Selbstherstellung nicht ausgegebenes Geld ist „verdientes" Geld.

Überblick über die im privaten Haushalt ausgeübten Tätigkeiten. Die je nach Standort, Zuschnitt und Familienstruktur verschiedenen zehn bis sechzehn (und mehr) im Haushalt ausgeübten Berufszweige sind, jeder für sich genommen, anerkannte Lehrberufe (mit Ausnahme der Raumpflege). Man kann sie zur besseren Übersichtlichkeit in drei Hauptgruppen unterteilen: in produktive Arbeiten, Dienstleistungen und in Reinigungs- und Haushaltspflege-Arbeiten.

Produktive Arbeiten	*Dienstleistungen*	*Reinigungs- u. Haushaltpflege-Arbeiten*
Kochen	Erziehungsaufgaben	Abspülen
Backen	Körperpflege	Waschen
Einmachen	Säuglingspflege	Bügeln
Einfrieren	Gesundheitsvorsorge	Putzen
Stricken, Häkeln	Kinderbeschäftigung	
Nähen	Lernhilfe für Schüler	
Schneidern	Langzeittherapie für Behinderte	
Gartenbau	Gastfreundschaft	
	Kranken- u. Altenpflege	
	Einkaufen	
	Buchführung und Geldplanung	

Von der ersten Gruppe, der im volkswirtschaftlichen Sinne *produktiven* Arbeiten war schon die Rede; sie sprechen für sich, denn niemand wird im Ernst bezweifeln, daß Nahrungsmittel- und Konservenfabriken, Bäckereien, Fertigkleidungs-Hersteller und Gärtnereien zur Produktion gehören.

Die zweite, wichtigste Gruppe der *Dienstleistungen,* die im Haushalt von der Hausfrau und in steigendem Maße auch vom Ehemann und Vater erbracht werden, kann man zwar nicht als „produktiv", aber auch nicht als „unproduktiv" einstufen. Sie sind unersetzlich, weil den lebendigen Menschen dienend. Hauptamtlich ausgeübt, sind auch sie großenteils anerkannte Lehrberufe. Wenn die Gesellschaft in Notfällen durch Bereitstellung von Kliniken, Kinderheimen, Fürsorgeerziehung, Behinderten- und Altenheimen Ersatz für nichtgeleistete Dienste des Familienhaushalts leisten muß, entstehen ihr ungeheure Kosten.

Positiv gesehen, sind diese Dienstleistungen für die einzelne Familie wie auch für die Gesellschaft als Ganzes vor allem durch Vorbeugung von Langzeitschäden von großer Bedeutung, man denke nur an die Frage einer gesunden Ernährung.

Die dritte, kleine Gruppe von *Reinigungs- und Pflegearbeiten* soll, wo immer möglich, Maschinen anvertraut oder in Gemeinschaftsarbeit der Familie bewältigt werden. Der dafür nötige Zeitaufwand nimmt durch Mechanisierung (Waschmaschine, Geschirrspüler, Staubsauger), durch pflegeleichte Ausrüstung von Geweben und Fußböden und, wo finanziell möglich, durch Abgabe an den Markt (Wäscherei, Chemische Reinigung) immer mehr ab. Bei der Wohnungspflege hat sich eine gewisse Großzügigkeit durchgesetzt. (Ausspruch einer erfahrenen Lehrhausfrau: „Staub sehe ich nur einmal in der Woche – aber dann sehe ich ihn.") Die früher so verbreitete Putzsucht spielt keine allgemeine Rolle mehr.

Abschließend sei wiederholt: Die Schrumpfung der Produktivität des Haushalts ist zwar eine Tatsache – es werden keine Kerzen mehr gezogen, keine Seife mehr gekocht und kein Butterschmalz mehr hergestellt –, aber die dadurch gewonnene Zeit wird dringend dafür gebraucht, um die Dienste für die Menschen darin zu verbessern. Es handelt sich also in Wirklichkeit nur um eine begrüßenswerte Verschiebung von materiellen auf mitmenschliche Leistungen, wobei ein Teil des erzielten Zeitgewinns unbedingt auch der Hausfrau selbst zugute kommen sollte.

Kinder sind die wichtigsten „Produkte" des Haushalts. Es sei zunächst daran erinnert, daß die Kinder, die von Familienfrauen geboren und aufgezogen werden, am meisten auf einen geordneten Haushalt angewiesen sind. Erwachsene können auch in Hotels oder Appartementhäusern leben – Simone de Beauvoir, die sich glücklich schätzte, keine Kinder zu haben, nahm täglich sogar ihr Frühstück und alle anderen Mahlzeiten im Restaurant ein, da sie jede Haushaltsarbeit verabscheute. Sobald es sich jedoch um eine Familie mit Kindern handelt, ist ein eigener Haushalt die beste Voraussetzung für ein störungsfreies Hineinwachsen in die Welt der Großen.

Von der Freude, Kinder zu haben ganz abgesehen – es ist völlig abwegig, Kinder nur als Privatvergnügen ihrer Eltern zu betrachten, die man sich „anschafft", wenn man sie sich leisten kann. Sie sind vielmehr ein höchst wichtiger Faktor in jeder

Volkswirtschaft. Von Geburt an sind sie Konsumenten großer Industrien, die schon jetzt den Geburtenrückgang in der Bundesrepublik als merklichen Rückgang ihres Absatzes zu spüren bekommen.

Früher bedeuteten mehr Kinder mehr Arbeitskräfte auf dem Hof, im Geschäft oder Handwerksbetrieb; heute sind sie für ihre Eltern vor allem eine finanzielle Belastung. Mit jedem Kind sinkt der Lebensstandard einer Familie, verglichen mit einem kinderlosen Paar. Da aber die Wirtschaft auf Nachwuchs an Arbeitskräften angewiesen ist und jemand die Renten und Pensionen der ständig wachsenden Zahl älterer Mitbürger bezahlen muß, sollten schon aus diesem Grund die Leistungen der Haushalte mit Kindern mehr als bisher anerkannt werden. Ein gut geführter Familienhaushalt unter der Leitung einer Hausfrau, die ihre Arbeit mit Freude tut, ist nicht nur für ihre Angehörigen, sondern auch für Verwandte, Freunde und Bedürftige ein gern aufgesuchter Mittelpunkt der Geselligkeit und oft auch der Hilfe von Mensch zu Mensch. Das ist nicht neu.

Der Haushalt als Ort der Einübung partnerschaftlicher Zusammenarbeit seiner Glieder dagegen ist eine Entdeckung unserer Zeit.

Zur umstrittenen Hausfrauen-Rolle

Im Zusammenhang mit ihrem Arbeitsplatz, dem Familienhaushalt, soll nun auch noch die Hausfrau auf der Familienbühne erscheinen. Das Hauptziel dieser Überlegungen wurde im Vorwort bereits angedeutet: eine Ehrenrettung der Arbeits- und Lebensform von Millionen Frauen ist überfällig. Diese Ehrenrettung muß in erster Linie sachlich und auf Maßstäbe der gegenwärtigen gesellschaftlichen Wirklichkeit, nicht nur auf Tradition und auf Gefühlswerte gegründet sein.

Wenige Bezeichnungen für eine Personengruppe sind so unbestimmt, so schillernd und so sehr mit zwiespältigen Gefühlen belastet, wie es „die Hausfrau" heute ist. Zu ihrer gerechten Beurteilung in der Öffentlichkeit und zur Förderung einer neuen Aufgabenverteilung innerhalb der Familie gehört zunächst eine Bestandsaufnahme und Abgrenzung ihrer Aufgabengebiete.

Hausfrau gestern und heute. Im älteren Sprachgebrauch war das Wort „Hausfrau“ gleichbedeutend mit „Ehefrau“; so sprach der Mann noch im 16. Jahrhundert von „seiner Hausfrau“, was einem Ehrentitel gleichkam. Für die Ehefrauen traf auch noch bis ins 19. Jahrhundert in größerer Zahl als heute zu, daß sie wirklich „Haus“-Frauen waren, das heißt, in einem eigenen, wenn auch kleinen Haus mit Garten, Nebenräumen und Kleintierställen lebten. In Kleinstädten hat sich diese halbländliche Wohnform bis heute noch teilweise erhalten. Das Wort „Hausfrau“ ist geblieben, nur der Inhalt hat sich verändert.

Die wohl einschneidendste Veränderung ist der Wegfall von mithelfenden Angehörigen oder anderen Hilfskräften. Die moderne Hausfrau übt ihre Tätigkeit fast immer im Alleingang aus. Diese Tatsache muß man im Auge behalten, um die schon beim Thema „Haushalt“ erwähnten, ständig wiederholten Behauptungen richtig zu beurteilen, daß durch die Veränderung der Wohn- und Wirtschaftsform die Tätigkeit der Hausfrau fast zu einem Nichts zusammengeschrumpft sei. Es wird dabei davon ausgegangen, daß alle Bürger in Wohnblocks und Kleinwohnungen lebten und der Haushalt nur mehr im Verbrauch von Konsumgütern bestehe. Diese Feststellungen sind für einen Teil der großstädtischen Bevölkerung in den Ballungsräumen teilweise richtig, können aber nicht auf alle Hausfrauen übertragen werden und berücksichtigen nicht die heute erhöhten Ansprüche an eine gesunde Ernährung, ein gepflegtes Heim, an die Kleidung und vor allem nicht an die körperliche und seelische Betreuung der Kinder. Schon deswegen ist die Behauptung einer völligen Entleerung der Hausfrauenaufgabe von produktiven, sinnvollen und anstrengenden Aufgaben unrichtig. Es gibt natürlich viele Erleichterungen, die sich aber nur bei kinderlosen oder Einkindfamilien, vor allem bei doppelt erwerbstätigen Partnerschaften in gepflegten Neubauwohnungen voll auswirken.

Im übrigen gibt es noch viele unmoderne Altbauten, außerdem wohnen rund 39 Prozent der Familien im eigenen, viele im gemieteten Haus. Dazu gehören alle Landwirtsfamilien und die Bewohner von Ein- bis Zweifamilienhäusern. Der Wunsch nach dem Eigenheim gehört nach wie vor zu den obersten Lebenszielen, das Bausparen steht hoch in Gunst. Für die „Haus“-Frauen, die ein Haus (mit Garten) bewirtschaften, ergibt sich eine viel höhere Arbeitsbelastung als in der Stockwerkswohnung.

Diese Vergleiche lassen erkennen, daß der Inhalt des Begriffes „Hausfrau“ wesentlich von der Art, Größe und Ausstattung der Wohnung und ihrer näheren Umgebung abhängt. Die Kinderzahl, das Alter und der Gesundheitszustand der Familienglieder und nicht zuletzt die finanziellen Möglichkeiten bestimmen darüber hinaus im Einzelfall den Arbeitsanfall der Hausfrau. Vom verfügbaren Geld hängen inbesondere Anschaffung und Betrieb von arbeitssparenden Haushaltsgeräten, auch die Abgabe von Hausarbeit an den Markt (Wäsche, Reinigung, Verwendung von Tiefkühlkost und anderen vorgefertigten Nahrungsmitteln, Fertigkleidung) und schließlich die Beschäftigung irgend einer, wenn auch nur stundenweise beschäftigten Hilfe für den Haushalt ab. Nicht zu vergessen: Alter und Gesundheitszustand der Hausfrau selbst spielen eine große Rolle. Diese kurze Aufzählung zeigt bereits, daß jede Verallgemeinerung bei der Beurteilung *der* Hausfrau abwegig ist. *Die* Hausfrau gibt es nicht.

Neue Bezeichnungen für eine alte Tätigkeit:

Nur-Hausfrau, Familienfrau, Vollhausfrau. Seitdem nach dem Zweiten Weltkrieg im Zeichen des Wiederaufbaus immer mehr Frauen nach der Geburt eines Kindes wieder erwerbstätig wurden, begann man von ihnen als den *berufstätigen Hausfrauen* zu sprechen und ihre Doppelbelastung zu diskutieren. Diejenigen, die sich weiterhin nach der Geburt von Kindern ausschließlich der Familie widmeten (oder auch kinderlos nur für ihren Mann sorgten) wurden im Gegensatz dazu „Nur-Hausfrauen“ genannt, was zunächst gar nicht abwertend gemeint war. Je mehr aber das Rollenbild der Berufsfrau an Anziehungskraft gewann und durch alle Medien wie durch eine breitgestreute Literatur als die neue, allein der Befreiung der Frau dienende Existenzform gepriesen wurde, desto mehr wurde das „Nur“ in der Bezeichnung Nur-Hausfrau zu einem Minus-Vorzeichen einer Rolle, der etwas Wesentliches fehlt. Immer häufiger antworteten Familienmütter auf die Frage: „Was machen Sie beruflich?“ mit der trübseligen Erklärung: „Ich bin nur Hausfrau“. Die gleiche negative Selbsteinschätzung konnte und kann man übrigens auch bei Diskussionen im englischen Sprachraum erleben: „I am only a housewife“, wie auch in Frankreich: „Je suis seulement femme de ménage“.

Dieser Negativ-Charakter der Bezeichnung Nur-Hausfrau ist ihr bis heute geblieben. Wenn man das Wort nicht ganz ausmerzen kann: die Bezeichnung wäre höchstens angängig für die Tätigkeit der Ehefrau, die nur für den Ehemann und sich selbst zu sorgen hat, wie etwa bei Rentner-Ehepaaren. Gerade dies Beispiel zeigt jedoch, wie unmöglich selbst in diesem Fall eine Verallgemeinerung des Begriffs „Nur-Hausfrau“ ist. Ist z.B. der ältere Ehemann pflegebedürftig, oder die Rentner-Hausfrau regelmäßig in einem Ehrenamt tätig oder springt sie häufig bei Enkeln ein, so kann auch im Zwei-Personen-Haushalt nicht von einer „Nur“-Hausfrau die Rede sein.

Die Familienfrau - eine zutreffende Bezeichnung. Helge Pross hat in ihrem Buch „Die Wirklichkeit der Hausfrau“ die erste, umfassende Untersuchung über Hausfrauen, das heißt nicht erwerbstätige Ehefrauen vorgelegt. Sie setzt sich darin auch mit der verbreiteten Abwertung der ausschließlich für ihre Familie tätigen Frau auseinander: „Klar ist in jedem Falle, daß Hausarbeit verrichtet werden muß. In keiner Gesellschaft, in keiner Epoche kommt man ohne sie aus. Gleichgültig, wem man sie überträgt, ob männlichen oder weiblichen Sklaven, ob leibeigenem Personal, ob bezahlten Dienstboten, ob Ehefrauen, wem sonst: irgend jemand muß kochen, putzen, waschen, aufräumen. Irgend jemand muß auch die körperliche und seelische Betreuung der kleinen Kinder übernehmen. Gleichviel wie man diese Leistungen organisiert, – in Kleinfamilien mit privatem Haushalt, in Großfamilien, in anderen Großhaushalten, in öffentlichen Einrichtungen – es gibt keine Kultur, die in der Lage wäre, ohne sie zu existieren. Die gegenwärtige Gesellschaft, die ganze Kultur basieren darauf.

Die genannten Leistungen werden in unserer Gesellschaft überwiegend von nicht erwerbstätigen Ehefrauen, von sogenannten „Nur-Hausfrauen“ erbracht. Ihre Bedeutung für das Gemeinwesen ist groß ... Falsch ist es, sie als Nur-Hausfrauen zu bezeichnen. Nur-Hausfrauen, also solche, die bloß sich selber und den Mann versorgen, gibt es so gut wie gar nicht mehr*. Alle anderen haben ein Kind oder mehrere Kinder zu betreuen. Es ist also nicht die Hausarbeit im engeren Sinne, die die Frauen zur Aufgabe ihrer Berufstätigkeit bewog, *sondern die Erweiterung der Ehe zur Familie*. Sie sind „Familienfrauen“. Dieser neue Begriff ist geeignet, besonders deutlich und klar das Arbeitsgebiet der Frau in der Lebensphase zu umschreiben, in der sie den Kindern zuliebe – oft schweren Herzens – auf ihre Berufsarbeit und damit auch auf eigenes Einkommen verzichtet. Zur Stärkung des Selbstbewußtseins der Mütter kann auch eine weitere neue Bezeichnung dienen, die von Alva Myrdal, früher Sozialministerin von Schweden, und Nobelpreisträgerin von 1982 geprägt wurde: die Voll-Hausfrau.

Arbeitszeit und Freizeit der Voll-Hausfrau. Diesen Titel verdient die Hausfrau, deren Arbeitszeit genau so wie die jeder anderen Arbeitnehmerin mindestens 40 Stunden in der Woche und mehr beträgt, nachdem auch am Wochenende gearbeitet werden muß. Nach Helge Pross ergaben die breitangelegten Befragungen, daß die Hausfrau im Vier-Personen-Haushalt (zwei Erwachsene, zwei Kinder) an reiner Hausarbeit durchschnittlich 50 Stunden leistet, dazu noch speziell für die Beschäftigung mit den Kindern, je nach Alter weitere zehn bis 20 Stunden Arbeitszeit benötigt. Da sich manche Tätigkeiten im Haushalt mit Kindern überschneiden, kommt die statistische Durchschnitts-Vollhausfrau auf rund 60 Stunden Wo-

* Anm. d. Verf. Es gibt sie, im Rentenalter.

chenarbeitszeit, die sich auf die verschiedenen Tage der Woche ungleichmäßig verteilt. Noch einmal Helge Pross:

„Mit durchschnittlich zehn Stunden Hausarbeit und direkt auf die Kinder bezogener Arbeit ist der Arbeitstag der Familienfrau im Vier-Personen-Haushalt genau so lang wie der bezahlte Arbeitstag der vollbeschäftigten Arbeitnehmerin einschließlich der Zeit, die sie für den Weg zur Arbeitsstätte und dann wieder zur Wohnung braucht". Diese Arbeitszeit wird in besonderen Situationen häufig überschritten, zum Beispiel, wenn ein Säugling zu versorgen ist oder Kranke zu pflegen sind. Für die Versorgung eines Säuglings werden allein schon bis fünf Stunden, für jede sogenannte Verpflegungsperson je nach Alter und dem Zuschnitt des Haushalts eineinhalb bis zweieinhalb Arbeitsstunden gerechnet.

Die Behauptung Esther Vilar's und anderer Theoretikerinnen der Haushaltsführung, daß jeder Zeitaufwand der Hausfrau im Vier-Personen-Haushalt über 2,7 Stunden = 19 Stunden je Woche – reine Trödelei und völlig überflüssig sei, wird durch diese fachlich überwachten Arbeitszeit-Berechnungen ad absurdum geführt. Die Aufgaben der Mutter zweier Kinder erschöpfen sich nicht im Waschen und Putzen, ständige Störungen durch Telefon, Nachbarn, Handwerker gehören ebenso zur typischen Arbeitssituation wie der berechtigte Wunsch der Familie, nicht nur kalte Platten auf den Tisch zu stellen.

Nach Berechnungen der Bundesforschungsanstalt für Hauswirtschaft in Stuttgart-Hohenheim ist die Summe der in privaten Haushalten pro Jahr geleisteten Arbeitsstunden mit 45 bis 50 Milliarden nur um weniges geringer als die in der gesamten Erwerbswirtschaft geleisteten rund 60 Milliarden Arbeitsstunden. Trotzdem erscheint diese enorme Arbeitsleistung der Frauen in den Familien nicht in der „Volkswirtschaftlichen Gesamtrechnung", dem Bruttosozialprodukt, in dem alle in einem Land geleistete Arbeit zusammengezählt wird, nur darum, weil es sich bei der Familienarbeit um *unbezahlte* Arbeit handelt. Mit Recht wird darum Hausarbeit „die vergessene Leistung" oder, wie in einem aufschlußreichen Buch junger Mütter über ihre Erfahrungen im Hausfrauenalltag „Das unsichtbare Tagewerk" genannt. Die volkswirtschaftliche Nichtbeachtung der Hausfrauenleistungen ist eine der Wurzeln der Nichtachtung von Familienfrauen.

Hausarbeit – die vergessene Leistung

Pro Woche in der BR Deutschland geleistete Arbeitsstunden in Millionen

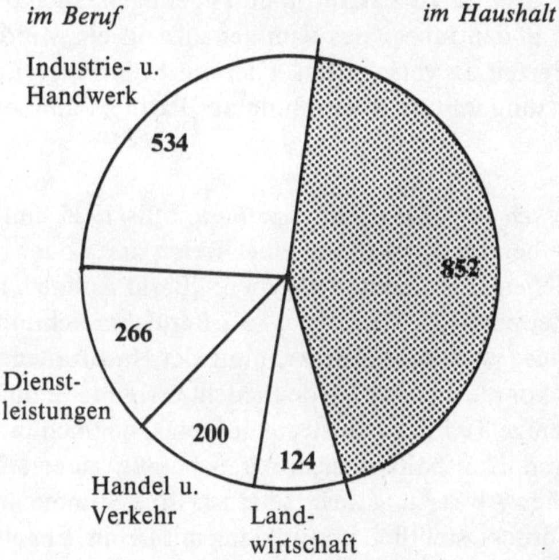

Freizeit für die Voll-Hausfrau? Der Mangel an Freizeit, das heißt, an Zeit, über die man frei verfügen kann, während der man gehen kann, wohin man will, ist für die junge Hausfrau heute deshalb so schwer zu ertragen, weil sie aus der Zeit ihrer Berufsarbeit daran gewöhnt war, streng zwischen Arbeitszeit und Freizeit zu unterscheiden. In der Kinderfamilie gibt es viele Stunden, die weder das eine noch das andere sind. Bei schönem Wetter muß die Mutter mit den Kindern zum Baden fahren, auch wenn sie selbst erschöpft ist und sich lieber ausruhen möchte. Wenn sie abends ein Konzert oder Freunde besuchen möchte, so muß sie zuhause bleiben und die Kinder hüten, wenn ihr Mann zu einer wichtigen Versammlung gehen muß. Was so aussieht wie Freizeit, ist oft keine, weil die Mutter in dieser Zeit nicht tun kann, was sie *sie will.* Die gleichen Tätigkeiten, Kinder beim Baden zu beaufsichtigen (eine sehr verantwortungsvolle Aufgabe) oder Babysitting bei einem schlafenden Kind werden sonst bezahlt, sind also „Arbeit" – und bei der Mutter?

Solche Wiedersprüchlichkeiten drücken beträchtlich auf die Stimmung vor allem der *jungen* Mütter, für die durch pausenlose Negativ-Propaganda die Hausfrauenrolle ohnehin schon genug belastet ist. In Zukunft muß es gelingen, auch der Voll-Hausfrau in den Jahren des Familienaufbaus ein Mindestmaß echter Freizeit zu verschaffen. Hier wird die Frage nach der Unterstützung und Stellvertretung des Partners unüberhörbar gestellt.

Die Tätigkeit der Hausfrau – ein Beruf? Bis 1925 mußte eine Hausfrau bei der Ausstellung eines Reisepasses oder in anderen amtlichen Dokumenten angeben: „Beruf – ohne". Erst seit diesem Zeitpunkt ist „Hausfrau" als Berufsbezeichnung anerkannt. Diese juristische Anerkennung der Hausfrauentätigkeit als Beruf konnte und kann jedoch nicht verhindern, daß vor allem derjenige Teil des Hausfrauendaseins, der sich mit Reinigungs- und Haushaltspflegearbeiten befaßt, einer ständigen öffentlichen Abwertung ausgesetzt ist. Eine Stimme aus jüngster Zeit drückt, sichtlich im Einklang mit Lenin, Engels, Bebel und Simone de Beauvoir, ihre Verachtung hauswirtschaftlichen Tuns wie folgt aus: „Hausarbeit ist nötig, aber sie ist deshalb nicht wertvoll. Als *Beruf,* das heißt als Lebenstätigkeit ist sie mit der Menschenwürde unvereinbar. Wer Hausarbeit in irgendeiner Weise als *Beruf*... propagiert und aufwertet, beteiligt sich an der Tötung durch Ersticken: der Phantasie, Lebenslust und Sinnenfreude und der intellektuellen Intaktheit von Millionen Frauen sowie des Lebens- und Aktionsraumes von noch viel mehr Kindern."*

Man kann über die gleichen Tatsachen des Hausfrauenalltags auch aus anderer Sicht und mit anderen Worten reden: „Eine Hausfrau ist gleich der Mutter Natur die große Verwandlerin.

* Barbara Sichtermann: „Vorsicht, Kind", 1982.

Wie die Erde unsichtbar, doch ständig wirkend, allen Abraum: Schutt und Asche, Kadaver und Dung, Ruß der Dächer, verschmutzten Schnee und Abfälle aller Art in ihren dunklen Grund aufsaugt, umwandelt und das Schöne, Frische, Erneuerte: Gras und Früchte, Blume und Baum ans Licht hebt, so verwandelt eine Hausfrau täglich den Abraum des Alltags:

- sie schafft aus dem Schmutzigen das Saubere,
- aus der Unordnung mit wenigen geschickten Griffen das Ordentliche,
- aus dem Ungemütlichen das Behagliche, das Wohnliche;
- aus dem Zerschlissenen das Erneuerte;
- aus dem Kalten und Unfreundlichen das Warme und Wohltuende.

Hausfrau sein heißt darum einem der unentbehrlichsten und bedeutsamsten, schöpferischen Berufe anzugehören."
(*Dr. Aenne Gausebeck,* ehemals Landfrauen-Referentin an der Landwirtschaftskammer Rheinland)
Die positive wie die negative Betrachtungsweise der Tätigkeit der Hausfrau scheinen sich wie Feuer und Wasser gegenüberzustehen, sich gegenseitig auszuschließen. Hier kann man nur durch eine nüchterne Untersuchung der Tatsachen zu vermitteln versuchen.

Das Berufsbild der Familienfrau (Voll-Hausfrau)

Voraussetzungen für die Anerkennung einer Tätigkeit als Beruf. Es dürfte darüber Übereinstimmung herrschen, daß folgende Voraussetzungen notwendig sind, um eine Beschäftigung als „Beruf" zu bezeichnen:

1. ein Berufsbild, das Art und Umfang der Tätigkeit abgrenzt,
2. eine Berufsausbildung, die je nachdem in einem Anlernverhältnis, in der dualen Form einer Lehre mit gleichzeitigem Schulbesuch oder in dem Besuch einer Fach- oder Hochschule bestehen kann,
3. ein Berufsabschluß durch Prüfungen, durch die ein Zeugnis oder Diplom erworben wird,
4. geregelte Arbeits- und Freizeit,

5. eine der Leistung entsprechende Entlohnung,
6. soziale Sicherheit durch Kranken- und Invaliden- bzw. Altersversorgung.

In folgendem soll die Tätigkeit einer Vollhausfrau mit mindestens zwei Kindern unter 10 Jahren an den wichtigsten dieser Kriterien gemessen und festgestellt werden, ob es sich hier wirklich um einen „Beruf" handeln kann oder nicht.

Arbeitsgebiet	**Arbeitsinhalt**
1. *Haushaltsführung:* Voranschlag für den Monat, das Jahr, ggf. Buchführung	Einkauf von kurz- und langlebigen Wirtschaftsgütern, Preisvergleiche. Sparen von Geld und Energie
2. *Ernährungs- und Nahrungsmittellehre,* Reform- und Diätkost	Kochen, Backen, Einkochen, Einfrieren, auf Vorrat backen und kochen
3. *Gesundheitslehre:* Umweltfragen Sucht- und Krankheitsverhütung	Praktische Säuglings- und Krankenpflege, Erste Hilfe, Anwendung gesundheitserhaltender Übungen, Langzeittherapie für Behinderte
4. *Hausarbeitsplanung, Haushaltsorganisation*	Rationalisierung durch Ordnungseinrichtungen, Geräte, Arbeitsmethoden und Arbeitsteilung. Arbeitspläne, auch für die Kinder
5. *Gastfreundschaft*	Festgestaltung, Gastfreundschaft im Alltag – das „offene Haus"
6. *Psychologie und Pädagogik* Erziehungsfragen	Kinderbeschäftigung im Vorschulalter, Hausarbeit als Spiel, Zusammenarbeit aller im Alltag
7. *Theorie des Gartenbaus:* Botanik, „Gärtnern ohne Gift". Umweltfreundlichkeit im Garten	Zimmerpflanzenpflege, Garten- und Kompostpflege, Obst- und Gemüsebau, Verwertung der Ernte, Blumen im Garten
8. *Musikpflege*	Singen, Spiel auf einfachen Instrumenten, gemeinsame Hausmusik
9. *Religiöse Grundunterweisung der Kinder*	Gebete, Lieder, Feiern, Krippenbauen
10. *Unterstützung der Kinder beim Lernen*	Das Lernen lernen – Hausaufgabenüberwachung, Üben, Abhören vor Prüfungen

Zu 1) *Das Berufsbild der Vollhausfrau.* Nebenstehend ist ein inoffizielles Berufsbild einer Voll-Hausfrau skizziert worden. Bewußt wurden darin hohe Anforderungen an deren Leistung gestellt. Wie eingangs erwähnt, gibt es weder „die Hausfrau" noch „die Voll-Hausfrau;" es werden sich aber in dieser Aufstellung viele Frauen wiedererkennen, die zu unrecht unter der Bezeichnung „Nur-Hausfrau" leiden.

Betrachtet man das hier gezeichnete „Berufsbild der Voll-Hausfrau" oder „Familienfrau", so kommt darin die ganze Breite und Fülle der Aufgaben zur Geltung, die mit einer größeren Familie und der entsprechend größeren Wohnung verbunden ist. Verständlich, wenn immer wieder Stimmen laut werden, die den nicht immer voll zufriedenen Familienfrauen zurufen: „Was wollt Ihr denn eigentlich, Ihr habt doch ein wunderbares Arbeitsfeld!" Weil dies die *eine* Seite der Wahrheit darstellt, ist die Ehrenrettung des hier betroffenen Personenkreises vor ihren Angehörigen, vor Mann und Kindern und den oft so verständnislosen Mitmenschen und der Öffentlichkeit ein so wichtiges Anliegen. Ein solches Voll-Hausfrauen-Dasein braucht sich vor keinem anderen Beruf verstecken.

Doch ist diese Tatsache nur die eine Seite der Wahrheit. Die andere besteht in der Eigenart des Voll-Hausfrau-Seins als einer zwar oft langen, aber doch begrenzten Lebensphase: im Gegensatz zu den meisten qualifizierten Berufen bringen die fortschreitenden Jahre keine Aufstiegsmöglichkeiten mit sich, keine Erweiterung des Wirkungskreises mit mehr Verantwortung, sondern im Gegenteil eine Schrumpfung der Aufgaben, wenn nach und nach die Kinder das Haus verlassen, bis schließlich, symbolisch gesprochen, wie am Anfang der Ehe nur mehr zwei Tassen und zwei Teller auf dem Tisch stehen ... Zur gleichen Zeit, um die Lebensmitte, droht dazu noch die Gefährdung der eigenen Ehe von drinnen und draußen, wenn man die Warnungen der einschlägigen Statistik ernst nimmt, wie in Teil I bereits ausführlich dargestellt wurde.

Es muß also klar gesehen werden: während des Voll-Hausfrau-Seins ist dies einer Berufsarbeit gleichzustellen. Weil dieser Beruf die Frau aber nur einen begrenzten Teil ihres heute bis zu 70, ja 80 Jahre dauernden Lebens ausfüllt, sollte ihr Leben von Anfang an „zwei-polig“ gesehen und geplant werden (Christa Meves).

Zu 2) *Möglichkeiten der Ausbildung für den Hausfrauenberuf.* Der älteste Weg, von der eigenen Mutter das Wichtigste für die Haushaltsführung zu lernen, wird immer seltener beschritten, sei es, weil die Mütter selbst erwerbstätig und daher wenig zuhause und gezwungen sind, ihren Haushalt nur „nebenbei“ zu führen, sei es, daß die Mütter wegen der Anforderungen der Schule die Töchter allzu häufig mit der Hausarbeit verschonen und dabei auch die interessanten Arbeiten wie Kochen, Nähen und Bügeln auf der Strecke bleiben. Auf diese Weise bliebe nur die Schule, um jedem Mädchen (und, wie man heute fordern muß, auch jedem Jungen) so etwas wie „Familienbildung“ – Bildung für die Aufgaben in der Familie – zu vermitteln. Hierzu meint Helge Pross: „In den Schulen wird der nach verbreiteter Auffassung vornehmste Frauenberuf nicht ernst genommen. Andernfalls müßte die Hinführung dazu Pflichtfach sein. Offenbar hat die an sich richtige Einsicht, daß Jungen und Mädchen die gleiche Grundausbildung erhalten müssen, zu einer ersatzlosen Streichung von familienbezogenen Angeboten und nicht zu deren Neudefinition als Pflichtstudium für Mädchen *und* Jungen geführt. Diese Art der Entrümpelung verrät ein fragwürdiges Verständnis von „Emanzipation“: einseitige Anpassung der Mädchenbildung an die Jungenbildung, und nicht eine Gleichstellung durch Anleitung der Jungen für künftige Familienaufgaben.“

Der größte Teil der Hausfrauen sind Ungelernte. Die von Helge Pross bearbeitete repräsentative Befragung von Hausfrauen im Jahr 1974/75 hat ergeben, daß sich nur rund ein Drittel aller nichterwerbstätigen Ehefrauen vor ihrer Verheiratung oder in der Ehe einer gewissen Ausbildung für den Hausfrauenberuf und die Pflege und Erziehung der Kinter unterzogen haben. Damit ist nicht die Anlernzeit im elterlichen Haushalt und auch nicht das Selbststudium aus Büchern gemeint, sondern die Unterweisung in der Schule oder in Kursen. Nichts deutet darauf hin, daß sich dieses Zahlenverhältnis inzwischen in

Richtung auf mehr hauswirtschaftliche Ausbildung in der Familie und in Schule und Erwachsenenbildung verschoben hätte, im Gegenteil.

Wenn es um die Aufwertung der hauswirtschaftlichen Tätigkeit im Allgemeinen und der Hausfrau im besonderen geht, muß darauf hingewiesen werden, daß es schon seit den zwanziger Jahren eine hauswirtschaftliche Berufsausbildung vom Lehrling über die Gehilfenprüfung zur Meisterin gibt, und zwar für die städtische wie für die ländliche Hauswirtschaft. Lehrlings- und Meisterausbildung vermitteln eine Fülle von weit über die alltägliche Haushaltspraxis hinausgehende theoretischen und praktischen Kenntnisse. Beide Ausbildungen werden seit Jahren staatlich überwacht, die Lehrpläne sind bundeseinheitlich geregelt. Die Hauswirtschaftsmeisterinnen-Ausbildung ist eine vielen Hausfrauen ohne sonstige abgeschlossene Berufsausbildung willkommene Möglichkeit, sich neben ihrer Familientätigkeit für eine Reihe von Dienstleistungs- und sogar Lehrberufen zu qualifizieren, in die sie ihre Familienerfahrung als wertvolle Vorbildung einbringen kann. Bei der heutigen Unsicherheit vieler anderer Frauenberufe sollte an diese Weiterbildungsmöglichkeit erinnert werden.

Im Jahr 1980 wurden im Bundesgebiet 7555 Hauswirtschaftslehrlinge in städtischen Privat- und Anstaltshaushalten ausgebildet. 7130 haben die Gehilfenprüfung abgelegt. In ländlichen Haushalten bestanden 4575 hauswirtschaftliche Lehrverhältnisse, 3751 Mädchen meldeten sich zur Gehilfenprüfung. Bei der Meisterprüfung für die städtische Hauswirtschaft erhielten im Jahr 1980 940 Hausfrauen in der gesamten Bundesrepublik den Meisterbrief. Zur Zeit leben im Bundesgebiet etwa 25000 bis 30000 Meisterinnen. Seit den 60er Jahren ist an verschiedenen Universitäten, unter anderen in Gießen, Bonn und München-Weihenstephan, für die Hauswirtschafts- und Ernährungswissenschaft ein akademischer Studiengang eingerichtet worden. Es handelt sich um ein achtsemestriges Studium mit verschiedenen Praktika, das mit der Diplomprüfung zum Ökotrophologen abschließt.

Diese Möglichkeiten staatlich anerkannter Berufsausbildung auf dem Hauswirtschaftssektor können jedoch die Tatsache nicht aus der Welt schaffen, daß die Tätigkeit der *Hausfrau in der Familie* von einflußreichen Kreisen nicht einmal als „Arbeit“ im volkswirtschaftlichen Sinne anerkannt wird.

Ist Hausfrauentätigkeit Arbeit? Angesichts dieser Überschrift wird der erstaunte Leser, sofern er eine Familie sein eigen nennt oder die betroffene Leserin spontan äußern: „Natürlich, ja! Und was für Arbeit!“ So denken aber nicht alle Zeitgenossen. Es gibt weite Kreise, die aus materialistisch-marxistischer Sicht der Hausfrauentätigkeit den Charakter echter Arbeit im volkswirtschaftlichen Sinne absprechen, und zwar mit folgenden Argumenten:

„Die konkrete, historische Form der Arbeit in der Industriegesellschaft *ist die Erwerbsarbeit*. Nur die Tätigkeiten und Leistungen, die sich über den Markt als Ware realisieren, werden in unserer Gesellschaft als Arbeit im eigentlichen Sinne betrachtet. Das entscheidende Kriterium ist nicht das der Nützlichkeit, sondern das der Verkaufbarkeit.

Gerade dieser entscheidende Zug der Arbeit, ihr Erwerbscharakter, fehlt der Tätigkeit der Hausfrau. Ihre Arbeit realisiert sich im privaten Bereich außerhalb des Marktes und seiner Gesetzmäßigkeit – deswegen auch ohne Entgelt.“ „Die in der Familie erbrachten Leistungen sind zwar für die Gesellschaft ... notwendig, für die Vermehrung des gesellschaftlichen Reichtums ... sind sie eine unmittelbare zwecklose Arbeit“ (A. Wagnerovà, „Mutter – Kind – Beruf“).

Es ist hier nicht der Ort, um näher auf diese Problematik einzugehen. Man muß sich ihrer aber bewußt sein, damit man die Folgerichtigkeit der Propaganda gegen das auch nur zeitweilige Verbleiben der Frau in der Familie und den damit verbundenen Verzicht auf Berufsarbeit besser versteht. Es ist klar, daß solche Argumentation auf viele junge Frauen einen starken ideologischen Druck ausübt, denn wer will schon gern „unmittelbar zwecklose Arbeit“ tun und noch dazu ohne Entlohnung? Wieder einmal ist vom alltäglichen Sprachgebrauch eine innere Einstellung abzulesen, die solchen Kritikern der Hausfrauenarbeit Recht gibt. Es ist die vor allem bei *Frauen* verbreitete Ausdrucksweise, die von „Arbeit" nur im Sinne von außerhäuslicher Erwerbstätigkeit sprechen. Täglich kann man im Gespräch hören: „Wenn das Kind da ist, höre ich auf zu *arbeiten,* dann bleibe ich zuhause" oder: „Wenn der Jüngste in die Schule kommt, will ich wieder anfangen zu *arbeiten*" – (nachdem diese Mutter drei Kinder großgezogen hat!) Darf man sich dann über die Nichtachtung der Hausfrau seitens der Gesellschaft beklagen, wenn sie selbst so verächtlich von ihrer Familientätigkeit denkt und spricht?

Es wäre schon viel gewonnen, wenn wenigstens alle Frauen mit diesem unehrlichen und durch nichts gerechtfertigten Gebrauch des Wortes „Arbeit" aufhören würden. Sie arbeiten draußen in der Welt des Berufes, sie arbeiten drinnen im Haushalt und bei den Kindern genau so – sehr oft viel angestrengter als draußen am Arbeitsplatz, wenn auch ohne Geldlohn. Hier wird nun ein vieldiskutiertes Thema angeschnitten, das für das Selbstverständnis und Selbstwertgefühl der Familienfrau von großer Bedeutung ist:

Zu 5) *Geld-Wert der Hausfrauenarbeit.* Bis vor kurzem war es nicht üblich, so materiell von Leistungen zu sprechen, die wie Haushaltsführung, Hausarbeit und Kindererziehung als „Liebesdienste" an Mann und Kindern verstanden wurden und so einer wirtschaftlichen Betrachtungsweise entzogen waren. Andererseits war bis 1977 allein die Ehefrau nach bürgerlichem Recht durch den § 1360 als Gegenleistung für den gewährten Unterhalt dazu verpflichtet. Seit der Familienrechtsreform von 1977 ist es Eheleuten freigestellt, wer von beiden die Haushaltführung übernimmt. § 1360 BGB lautet jetzt: „Die Ehegatten sind einander verpflichtet, durch ihre Arbeit und ihr Vermögen die Familie angemessen zu unterhalten. Ist einem Ehegatten die Haushaltführung überlassen, so erfüllt er seine Verpflichtung in der Regel durch Führung des Haushaltes."

Aus der Zeit um die Jahrhundertwende stammt das bittere Wort, die Hausfrau ohne Hilfskraft sei im Grunde ein „unbezahltes Dienstmädchen". Das war damals so schon nicht richtig, so wenig wie heute, wie vielfach behauptet wird, die Ehefrau leiste ihre Arbeit völlig unentgeltlich. Es muß daran erinnert werden, daß der heute nicht unbeträchtliche Geld-Wert von Unterkunft, Verpflegung, Wäsche, Urlaubsreisen, Benutzung eines Autos, Telefon usw. eine „Sachleistung“ darstellt, die bei den Berufen im Hotelgewerbe, in Kliniken usw. dem Barlohn oder Gehalt hinzugerechnet wird.

Trotzdem ist es sehr verständlich, daß heute immer wieder über den Verdienst diskutiert wird, der einer Hausfrau auf Grund ihrer Leistung eigentlich zustehen würde. Seitdem fast jede Frau vor ihrer Eheschließung und Geburt eines Kindes einen bezahlten Beruf ausübt, bemißt sich ihr Selbstwertgefühl weitgehend danach, wie hoch der Arbeitgeber ihre Leistung in barem Geld bewertet hat und was sie sich damit leisten konnte. Auch die Gesellschaft geht davon aus, daß jede gute Leistung ihren Geldwert hat. Die Nichtachtung des Hausfrauen- und Mutterberufes, unbezahlt, unbezahlbar und doch unentbehrlich, hat sicherlich in dieser Tatsache eine weitere Wurzel.

Eine traurige Aktualität haben die tödlichen Verkehrsunfälle von Hausfrauen und Müttern, die Versicherungen und Gerichte dazu zwingt, sich von Amts wegen über den finanziellen Wert der Arbeit im Haushalt und an den Kindern klar zu werden. Die Gutachter müssen von den Kosten für eine entsprechend ausgebildete Ersatzkraft (z.B. Wirtschafterin mit pädagogischen Kenntnissen) ausgehen. Sie können sich wie in einem 1981 durch die Presse bekannt gewordenen Fall (Unfalltod der Mutter dreier kleiner Kinder) auf rund 4000 DM monatlich belaufen, ähnlich gelagerte Fälle werden immer wieder bekannt. Diese hohen Summen setzen sich aus dem Barlohn, den Sozialversicherungsbeiträgen und der freien Station zusammen.

Berechnungsbeispiel für den Geldwert der Hausfrauenarbeit. Es könnte zur Klärung mancher schwebenden Fragen innerhalb einer Lebensgemeinschaft und zur Stärkung des Selbstbewußtseins der Hausfrau beitragen, wenn sie den Rechenstift zur Hand nehmen und den Geld-Wert ihrer Tätigkeit nach ortsüblichen Löhnen und Gehältern für eine Woche errechnen würde. Tariflöhne kann man beim Arbeitsamt erfragen.

Das geht praktisch so vor sich: Man bereitet karierte Blätter mit Spalten vor, die alle im betreffenden Haushalt vorkommenden Tätigkeiten enthalten, man kann sie dem „Berufsbild der Voll-Hausfrau“ entnehmen. Der Zeitverbrauch für jede Arbeit wird in die jeweilige Spalte eingetragen. Bei zeitlicher Überschneidung zweier Tätigkeiten wie Beaufsichtigen eines Kleinkindes während des Bügelns oder der Hausaufgaben des Schulkindes neben dem Kochen dürfen beide Tätigkeiten berechnet werden, da auch diese Gleichzeitigkeit eine Belastung darstellt, die bei einschlägigen Berufen nicht üblich ist.

Am Ende der Woche werden die (ehrlichen) Aufzeichnungen zusammengezählt, auf Grund bekannter Löhne (z.B. für Putzhilfe) und der erfragten Tariflöhne der Gesamtverdienst ausgerechnet. Der „Monatsverdienst“ wird aus der Summe von 4½ Wochen errechnet. Die zweite Summe, die festgestellt werden muß, ist der Geldwert der „freien Station“, und anderer Leistungen des Ehemannes.

Dazu gehört der Wert des Wohnraumes (Gesamtquadratmeterzahl der Wohnung geteilt durch Personenzahl, wobei kleine Kinder nur als halbe Person berechnet werden, als Teil der Miete) ferner Heizung, Beleuchtung, Verpflegung einschließlich Energieverbrauch, Bäder, Reinigung von Geschirr und Wäsche (Betriebskosten und Abschreibung von Maschinen), Radio, Fernsehen, Autobenutzung, Kleidung und Wäsche, Schuhe, auch Instandhaltung und Reparaturen; Bildung (Theater, Kino, Konzerte), Erholung und das Taschengeld, sofern solches wie vom Gesetzgeber vorgesehen in Höhe von ca 3–5% vom Nettolohn des Mannes korrekt gewährt wird.

Zieht man den so errechneten, gar nicht geringen Geldwert der „Sachbezüge“, d.h. des Unterhalts vom Geldwert der Hausarbeit und der Erziehungstätigkeit ab, so bleibt ein Restbetrag, den die Familienmutter ihren Lieben „schenkt“. Auf Grund solcher Berechnungen erfahren Eheleute, was jeder dem anderen an in Geld ausdrückbaren Leistungen gibt; das ist viel besser als unausgesprochene Vorwürfe mit sich herumzutragen.

Die Bedeutung des selbstverdienten Geldes. Es gibt immer wieder Menschen, die in der Öffentlichkeit oder auch auf der privaten Ebene der materiell durch ihren Ehemann einigermaßen gesicherten jungen Mutter und Hausfrau ausreden wollen, wenn sie am Ende der Mutterschutzfrist wieder in ihren Beruf zurückkehren will. Sie halten ihr vor, um wieviel wichtiger und interessanter das Aufziehen und Beobachten des eigenen Kindes und die Gestaltung eines Heimes ist als viele der eintönigen Tätigkeiten in Fabriken, Büros und Verkaufsräumen. Solche Argumente sind zwar im Interesse der gesunden seelischen Entwicklung des kleinen Kindes wohlbegründet, sie treffen jedoch nicht die Situation der jungen Frau, die zum ersten Mal in ihrer Ehe ohne einen Pfennig eigenen Geldes dasteht und sich dadurch plötzlich als finanziell von ihrem Mann abhängig erlebt. Dazu kommt ein schlagartig verminderter Spielraum für Anschaffungen und andere Dinge, die heute erstrebenswert und nur durch Geld erreichbar sind. Man muß auch bei all diesen Erwägungen in Rechnung stellen, daß oft noch Schulden von der Gründung des Hausstandes abzutragen sind und wegen der Geburt des Kindes häufig ein Wohnungswechsel mit erhöhter Miete fällig wird. Hierzu sagt Alena Wagnerovà in ihrem Buch „Mutter – Kind – Beruf“:

„Auch die langweiligste und simpelste Tätigkeit ... bei der jede Freude an der Arbeit ausgeschlossen ist, hat ihre elementare Befriedigung in dem Lohn für geleistete Arbeit ... die Freude am selbstverdienten Geld gehört zu den legitimsten Arbeitsfreuden“.

Aufgabe der Gesellschaft: Aufklärung und praktische Hilfe. Ist es die „Schuld“ der jungen Mütter, wenn sie sich zwangsläufig an die Lebensformen der Konsumgesellschaft gewöhnt und nie gelernt haben, einem übergeordneten Ziel zuliebe Einschränkungen auf sich zu nehmen? Alle, die in unserer Gesellschaft von der Bedeutung einer ungestörten Mutter-Kind-Beziehung in den ersten Monaten und Jahren überzeugt sind – Psychologen, Kinderärzte, Theologen und vor allem die Politiker – sollten die Bemühungen unterstützen, Aufklärung unter jungen Menschen darüber zu fördern, mit allen wissenschaftlichen und ethischen Begründungen. Familienpolitiker sollten wo immer möglich, materielle Anreize für ausreichend langes

Verbleiben der Mutter bei ihrem Kind anbieten. Die fast 100-prozentige Inanspruchnahme des verlängerten Mutterschaftsurlaubs von vier Monaten beweist, daß auch ein Betrag, der weit unter dem bisherigen Einkommen der Mutter liegt, der Mutter einen solchen Entschluß sehr erleichtert. Erste Erfahrungen mit dem „Modellversuch Erziehungsgeld" in Niedersachsen, mit „Familiendarlehen" in Bayern und neuerdings mit einem „Familiengeld" in Berlin weisen in die richtige Richtung.

Die Erörterung dieses letzten Themas hat die enge Verzahnung der Problemkreise „Mutter" und „Hausfrau" erneut bewiesen; sie sind in der jungen Familie nicht zu trennen und müssen von den Betroffenen und, wo immer nötig, durch Hilfe und materielle wie ideelle Unterstützung der Gesellschaft gelöst werden.

Die Verwirklichung von Partnerschaft in der kinderlosen Ehe-Phase

Wer den Gedankengängen dieses Buches bisher gefolgt ist, wird zustimmen, daß partnerschaftliches Verhalten im Grunde an dem Tag beginnt, an dem der Entschluß zu einem gemeinsamen Leben gefallen ist. Für zwei berufstätige Erwachsene ist das im allgemeinen nicht schwierig, ihr Lebensrhythmus stimmt meist überein, und „die Gesellschaft" erwartet es auch nicht anders von ihnen. Je mehr beide am Abend und am Wochenende die Arbeit teilen, desto länger wird ihre gemeinsame Freizeit sein. Solches Zusammenhelfen beim Einkauf, bei der Haushaltsreinigung und beim Kochen ist weit verbreitet, aber doch noch längst nicht bei allen Paaren guter Brauch. Wie wäre es sonst möglich, daß immer wieder Klagen von Frauen an die Öffentlichkeit dringen, die zu Überschriften in den Zeitungen wie den folgenden führen:

„Scheidungswelle: Männer zu faul im Haushalt! Sie kocht, bügelt, saugt Staub – er wäscht nicht mal ab." „Frauen sind ehemüde" – „Scheidungsrekord in München!"

Sie beweisen, daß es anscheinend noch nicht so leicht ist, die neue Verhaltensform als selbstverständlich zu einem „modernen Menschen“ gehörend anzunehmen. Warum aber gelingt es manchen Männern leicht, sich in die kameradschaftlich-hilfreiche Rolle hineinzufinden und warum ist das bei anderen gleichen Alters und annähernd gleicher sonstiger Voraussetzungen nicht möglich?

Junge Menschen stehen häufig unter „Wiederholungszwang“. Je nach ihrer Erziehung und dem Vorbild von Vater und Mutter beanspruchen junge Männer auch heute noch häufig von ihrer Frau die gleiche Bedienung, wie sie ihrem Vater von Seiten der Mutter zuteil wurde. Dabei wird nicht berücksichtigt, daß Alter, Beruf und Gesundheitszustand des Vaters unter Umständen sogar besondere Rücksichten rechtfertigen. Die junge Frau ihrerseits wiederholt unbewußt die Rolle ihrer eigenen Mutter, wenn diese ihrem Mann jeden Handgriff im persönlichen Leben und erst recht im Haushalt abgenommen hat. Das alles läuft wie gesagt unbewußt, nach bestimmten seelischen Gesetzmäßigkeiten, ab und ist keinesfalls bloß böser Wille von irgend einer Seite. Wer die fatalen Wirkungen des Wiederholungszwanges einmal durchschaut hat, kann sich mit einiger Anstrengung auch davon befreien und auch seinem Partner im Gespräch helfen, seinerseits davon frei zu werden. Darum ist es so wichtig, die Frage der Verteilung der Hausarbeit wie andere strittige Alltagsfragen frühzeitig zu diskutieren, damit von Anfang an Klarheit darüber herrscht, wie das Paar sein Zusammenleben organisieren will. Dabei sollte immer im Blickpunkt stehen, daß es sich bei der „Familie als Arbeitsteam“ nicht um ein Nachgeben gegenüber einseitigen Forderungen der *Frau,* sondern um ein neues Bild von der Ehe und vom Wesen des Mannes und der Frau handelt. Diesem neuen Bild kann der Mann zustimmen, ohne sein Gesicht zu verlieren, weil es dabei auch um seine eigene Emanzipation, das heißt Befreiung von einem überholten Bild des Mannes als eines zu bedienenden Paschas geht.

Der Lebensraum für die Partnerschaft – die Wohnung. Zu den wichtigsten Entscheidungen am Beginn des gemeinsamen Lebens gehört die Auswahl der Wohnung. Wenn sich schon ein Kind angemeldet hat, aber auch dann, wenn ein Paar sich in absehbarer Zeit Nachwuchs wünscht, sollte es eine „familiengerechte“ Wohnung sein. Dieser Begriff taucht zwar immer wieder im Katalog der Forderungen an den Wohnungsbau auf, wird aber meist nicht näher erläutert. Familie aber kann, je nach der Entwicklungsphase, in der sie sich befindet, höchst unterschiedliche Wohnbedürfnisse haben.

Die von den meisten jungen Paaren als erstes Heim angestrebte Zwei-Zimmerwohnung mit kleiner Küche und kleinem Bad erweist sich fast immer bereits nach der Geburt des ersten Kindes als zu klein, das heißt als nicht familiengerecht. Die Unterbringung des kleinen Kindes sollte mitbedacht werden, das weder im Elternschlafraum noch im Wohnraum mit verbrauchter Luft gut aufgehoben ist. Dafür genügt ein kleiner Raum, ein „halbes Zimmer“. Für den notwendigen Kontakt zwischen Mutter und Kind muß man an ausreichenden Spiel-Raum für das Baby ab neun Monate zum Krabbeln denken, am besten in oder nahe der Küche. Schnell ist aus dem Kriechkind ein Laufkind geworden, das ständig in der Nähe der Mutter sein will! Ideal ist eine geräumige Diele im Anschluß an die Küche.

Für unser Leitthema, die Zusammenarbeit der Partner, sollten in der Küche mindestens zwei Arbeitsplätze und genügend Bewegungsspielraum vorhanden sein, sonst unterbleibt Kooperation aus Mangel an Raum, nicht aus Mangel an gutem Willen. Räumt man, wie es angebracht wäre, der Zusammenarbeit Vorrang vor der Repräsentation ein, kann der Wohnraum gut und gern ein paar Quadratmeter kleiner sein, wenn dafür Küche und Bad großzügiger geschnitten sind.

So erweist sich eine gut eingeteilte Zweieinhalbzimmerwohnung als Mindestforderung an eine Kleinfamilien-gerechte Wohnung.

Die Einteilung des Einkommens – eine gemeinsame Aufgabe beider Partner. Neben der Aufteilung der Arbeiten für den laufenden Haushalts-Betrieb ist die Einteilung des Einkommens, die Finanzplanung eine für das „Glück des Alltags“ sehr wesentliche, gemeinschaftliche Aufgabe der Partner, für die man sich auch wirklich genügend Zeit nehmen muß. Am Anfang stehen meist noch zwei Einkommen zur Verfügung. Das bedeutet in aller Regel eine fühlbare Steigerung des Lebensstandards für Beide. Zusammen kann man sich weit mehr leisten, als einer für sich allein das konnte. Das fängt mit dem Auto an und hört mit Essen und Urlaub noch lange nicht auf. Es wäre töricht und blind, von dieser günstigen Ausgangslage auszugehen, wenn es sich wie bei der Anmietung einer zu teuren Wohnung um eine Entscheidung auf längere Zeit handelt (falls nicht die Möglichkeit der Untervermietung besteht).

Die Aufstellung eines Haushaltplanes – besser noch, zweier Pläne. Für jedes Paar, für jede Familie ist ein sorgfältig gegliederter Haushaltplan oder Voranschlag eine wichtige Voraussetzung erfolgreichen Wirtschaftens. Wo solche grundlegenden Veränderungen wie die Erweiterung zur Familie bevorstehen, ist ein solcher Plan geradezu lebensnotwendig, um unnötige Geldsorgen und damit Spannungen, ja Unglück zu vermeiden. Der erste Plan hat immer provisorischen Charakter, da manche Zahlen erst nach einigen Monaten gemeinsamen Wirtschaftens genauer ermittelt werden können.

Der nebenstehende Muster-Voranschlag ist für ein noch kinderloses Paar gedacht. Die Einnahmenseite muß ergänzt werden, sie enthält meist nur wenige Posten, nämlich die Arbeitseinkommen von Mann und Frau. Auf der Ausgabenseite erscheinen die verschiedenen Posten, die nach den eigenen Verhältnissen abzuwandeln und, das ist wichtig, nach ihrer Dringlichkeit zu ordnen sind. Die Endsummen von Ein- und Ausgaben müssen bei einem ordentlichen Haushaltplan am Ende genau übereinstimmen.

Muster-Voranschlag
für ein kinderloses, erwerbstätiges Paar:

1. *Ausgabengruppe:*
Lebenswichtige, feste Kosten, an denen nichts gespart werden kann.
Miete, Mietnebenkosten, Abschlagszahlungen für Strom, Gas etc.
Steuer-Vorauszahlungen, Versicherungen,
Fahrtkosten zur Arbeitsstelle oder Betriebskosten für Auto,
Ratenzahlungen, Sparverträge,
Unterstützung bedürftiger Angehöriger, Alimente
(manche Posten werden viertel-, halbjährlich oder jährlich fällig und sollten monatlich auf ein Sparbuch eingezahlt werden).

2. *Ausgabengruppe:*
Lebenswichtige, jedoch variable, das heißt, durch Sparsamkeit und Selbermachen beeinflußbare Kosten.
Ernährung, Verbrauch von Strom, Gas, Heizung,
Wäsche-, Kleidungs- und Haushaltsreinigung,
Gesundheits- und Körperpflege,
Anschaffungen von Kleidung,
Wäsche, Schuhen (ggf. Anschaffungen für ein zu erwartendes Kind)
Taschengelder für Sie und Ihn
Unvorhergesehenes, ein oft vergessener Posten (ca. 5% v. Eink.).

3. *Ausgabengruppe:*
Wünschenswerte, aber nicht lebenswichtige Kosten.
Genußmittel,
Bildung, Erholung, Reisen, Urlaubssparkasse,
Gäste,
Hobbies, Sport,
Geschenke, Spenden, Autokosten, wenn der Wagen nur für die Freizeit benutzt wird,
Anschaffungen für die Wohnung.

Wichtig: das Arbeitseinkommen der Frau sollte nur für Ausgaben der Gruppe 3 („wünschenswert, jedoch nicht lebenswichtig“) eingesetzt werden, falls in absehbarer Zeit mit der Geburt eines Kindes zu rechnen ist. So kann auch nach (vorübergehendem oder doch länger dauerndem) Wegfall des Einkommens der Frau die Miete bezahlt und alle anderen wichtigen Verpflichtungen erfüllt werden.

Der zweite Haushaltplan sollte bereits frühzeitig gemeinsam beraten werden, am besten lange Zeit bevor das Kind im Körbchen liegt. Solche Voraussicht ist besonders dann notwendig, wenn Ratenverpflichtungen eingegangen werden, die unerbittlich und regelmäßig bezahlt werden müssen. Der zweite Plan geht auf der Einnahmenseite nur von den Bezügen des Mannes aus, dazu kommen u.U. Mutterschafts-Urlaubsgeld, wenn möglich Wohngeld, Kindergeld und unter Umständen andere Einkünfte. Ob eine junge Familie Wohngeld beanspruchen kann, sollte rechtzeitig, das heißt ein halbes Jahr vor der Geburt eines Kindes bei der zuständigen Behörde erfragt und gegebenenfalls berechnet werden. Wohngeld ist keine Fürsorgeleistung, sondern ein Rechtsanspruch jedes Bürgers, wenn die Voraussetzungen dafür erfüllt sind. Der Antrag muß frühzeitig gestellt werden, da die Bearbeitung längere Zeit dauert.

Bei der Berechnung der Ausgaben für das Kind kann man Richtwerte von Bekannten erfragen; sie hängen unter anderem davon ab, wie lange die Mutter selbst stillt, welche Wickelmethode sie anwendet und wieviel sie durch Selbermachen an der Ausstattung für das wachsende Kind erspart. Nicht zu unterschätzen sind die Ersparnisse, die durch die Berufspause der Mutter entstehen, weil weniger Kleidung, Friseur, Kosmetik, Fahrgelder anfallen, weil die Hausfrau günstiger einkaufen und vieles durch Selbermachen auch für sich und den Haushalt einsparen kann. Beide Eltern haben nun auch kaum mehr die Möglichkeit und Lust, auswärts zu essen und über das Wochenende wegzufahren; das sind Ersparnisse, die sehr zu Buche schlagen. Kurz: es lohnt sich, das Rollenspiel „junge Familie“, was die Finanzen betrifft, lange Zeit, bevor es Wirklichkeit wird, einmal durchzuspielen, um auf alle Fälle vorbereitet zu sein.

Staatliche Hilfen für junge Familien. In manchen Bundesländern gibt es günstige Darlehen oder Zuschüsse zur Familiengründung und anläßlich der Geburt von Kindern. Es lohnt sich eine Anfrage bei der Gemeindeverwaltung, ob es am Wohnort solche Möglichkeiten gibt, ehe man sich wegen eines etwaigen Kredites an ein Geldinstitut wendet oder sich auf kostspielige Ratenzahlungen einläßt, da bei öffentlichen Familienförderungen der Zinssatz verbilligt und die Tilgung günstig gestaltet ist. Ein Erziehungsgeld für die ersten ein bis drei Jahre des Kindes wird immer wieder von politischen Parteien ins Gespräch gebracht. Es soll der jungen Mutter das Verbleiben bei ihrem Kind ermöglichen. Wenn auch zur Zeit keine Aussicht auf allgemeine Einführung des Erziehungsgeldes besteht, weil die Mittel dafür fehlen, haben doch die Erfahrungen in anderen Ländern gezeigt, daß die Mütter sehr wohl von solchen Hilfen Gebrauch machen.

Mit vollem Bedacht wurde für die Anfangsphase der Familie die finanzielle Seite einer Partnerschaft bevorzugt behandelt. Nach Untersuchungen in vielen Ländern ist die Ursache ehelichen Unglücks in 75% der Fälle in Geldschwierigkeiten oder Uneinigkeit über die Verwendung des gemeinsamen Geldes zu suchen. Vollständige Offenheit und Ehrlichkeit in Geldangelegenheiten sollte darum von Anfang an selbstverständlich sein.

Fragebogen-Aktion zum Thema: Arbeitsteilung der Familie bei der Hausarbeit

In den Jahren 1981 und 1982 wurde an Teilnehmer von Abendkursen über „Arbeitsvereinfachung im Haushalt“ verschiedener Volkshochschulen (Großstadt und Vorortgemeinde) ein Fragebogen ausgegeben. Sinn und Zweck dieser Aktion war keine repräsentative Erhebung, dafür wäre auch die Zahl der zurückgegebenen Fragebögen viel zu klein gewesen (94); die befragten Paare sollten vielmehr dazu angeregt werden, die angeschnittenen Fragen unter sich zu diskutieren und dadurch vielleicht gemeinsam einen Schritt vorwärts zu einer besseren Arbeitsteilung in der Familie zu machen. Es ist bekannt, daß

Fragen der praktischen Zusammenarbeit von Mann und Frau oftmals heiße Eisen sind, die manchmal sogar erst vor dem Scheidungsrichter angerührt werden.

Es gibt Repräsentativ-Befragungen, nach denen fast vierzig Prozent der Männer in der Bundesrepublik überhaupt nicht daran denken, ihrer Frau im Haushalt zu helfen; dreißig Prozent sind bereit, manchmal einen Handgriff zu übernehmen. An regelmäßige Hilfe denken nur wenige.

Von den Teilnehmern der Fragebogen-Aktion wurde bestätigt, daß sie die Anregung aufgenommen und sich mit der Haushalts-Organisation erstmals gründlich auseinandergesetzt haben. Die Rückblende in die beiden Elternfamilien wurde zu einem interessanten Thema der Auseinandersetzung mit bedeutsamen Kindheitserfahrungen beider Partner.

Einzelne positive Antworten auf den Fragebogen – Zusammenarbeit wird bejaht und praktiziert:

Buchhalter (geb. 1943): „Im Rahmen des Zusammenlebens anfallende Arbeiten sind von mir wahrzunehmen, als da sind Kochen am Sonntag, schwere Lastentransporte, Gartengraben, gelegentlich auch alle anderen anfallenden Haushaltsarbeiten."

Malermeister (1940): „Wenn ich sehe, daß meine Frau nicht fertig wird, helfe ich mit (Frühstück machen, Tischdecken, Staubsaugen, Aufräumen, Kinder füttern)."

Diplomingenieur (1936): „Ein Ehevertrag verpflichtet. Dabei hat meine Frau Glück – Hausarbeit und Kinderversorgung sind, wenn rationell gemacht, mein Hobby. Derzeit übernehme ich Einkaufen, Kochen und Abwasch an 4 Tagen in der Woche" (damit seine Frau einen Fortbildungskurs machen kann, also teilweiser Rollentausch für eine begrenzte Zeit).

Beamtin (1957, noch kinderlos): „In einer Ehe, die auf partnerschaftlichen Beziehungen aufgebaut ist, ist auch die Arbeitsteilung im Haushalt bei Berufstätigkeit beider Partner selbstverständlich. Auch wenn die Frau wegen eines Kindes oder Kindern ihren Beruf aufgibt, oder ihn nur in Teilzeitarbeit ausübt, wird der Mann Gelegenheit finden, sich an Hausarbeit und Kindererziehung zu beteiligen. Ich würde das nicht als unmännlich oder Pantoffelhelden-Verhalten ansehen!"

Auf Frage 6 („Welche Arbeiten eignen sich für die Beteiligung des Mannes?") gibt die gleiche Ehefrau die Antwort: „Mit gutem Willen alle!"

Die Antworten des dazugehörigen Ehemannes, *Großhandelskaufmann* (1955) bestätigen, daß er die Erwartungen seiner Frau auf so viel Hilfsbereitschaft auch voll erfüllt.

Evang. Pfarrer (1942): zur Arbeitsteilung im Haushalt: „Ich bin dafür." Auf die Frage, welche Arbeiten er häufig übernimmt: „Alle, außer Bügeln, weil ich das nicht kann." Näher befragt, welche Arbeiten er regelmäßig ausführt: „Küchenarbeiten, Saubermachen, Kinderhüten." (Zwei Kinder, neun und fünf Jahre).

Ehem. Studentin (1948), die dazugehörige Frau Pfarrer, macht sich die folgenden Gedanken: „Arbeitsteilung bei der Hausarbeit halte ich für sehr nötig, wenn auch nicht leicht zu verwirklichen, vor allem wenn ein Partner viel mehr außer Haus arbeitet als der andere. Bei der Pflege und Erziehung sollten Kinder unbedingt beide Eltern erleben!" Auf die Frage, welche Arbeiten für den Mann geeignet sind: „In einem modernen pflegeleichten Haushalt eigentlich alle. Kinder können an vielen Arbeiten beteiligt werden, man sollte sie aber nicht für Arbeiten einspannen, die man selber haßt."

Oberstudienrat (1939), zwei Kinder, fünf und elf Jahre: „Arbeitsteilung ist notwendig, sinnvoll, gegenseitige Hilfe und Rücksichtnahme ist anzustreben. Grundsätzlich eignen sich alle Arbeiten auch für den Mann. Jeder sollte auch unangenehme Arbeiten übernehmen, entsprechendes gilt auch für die Betreuung der Kinder." Auf die Frage: „Welche Arbeiten übernehmen Sie regelmäßig?" „Abspülen, Staubsaugen, da und dort aufräumen, Wohnungsrenovierung, technische Kleinigkeiten, Spielen mit den Kindern, je nachdem eben, wo die Frau Entlastung braucht."

Studienrätin (1950), Ehemann ebenfalls Lehrer: „In unserer Familie mit zwei Kleinkindern wird tüchtig zusammengearbeitet. Seit unserer Eheschließung hat mein Mann alle häuslichen Arbeiten mit mir geteilt, obgleich er aus einer ausgesprochen patriarchalischen Familie stammt. Er fällt mit seiner Einstellung gegenüber seinem Vater und den beiden Brüdern völlig aus dem Rahmen. Er werkelt gerne und ist sich für keine Aufgabe zu schade. Eine bestimmte und festgelegte Aufteilung der Arbeiten ist nicht nötig. Wenn es etwas zu tun gibt, macht es der, der gerade Zeit und Lust hat. Mein Mann ist ein ausgezeichneter Koch und Gastgeber, so sind auch Krankheitsfälle oder Gäste keine übermäßige Belastung für die ganze Familie. Auch das Wickeln des Babys hat mein Mann nach anfänglichem Protest gelernt und hat nichts mehr dagegen."

Einzelne negative Antworten auf den Fragebogen – Zusammenarbeit wird mehr oder weniger abgelehnt:

Chemiefacharbeiter (1936), zwei Kinder 10 und 22 Jahre, ist für die althergebrachte, strikte Arbeitsteilung zwischen Mann und Frau in der Ehe, Mann draußen, Frau drinnen. Auf die Frage „Welche Arbeiten im Haushalt übernehmen Sie regelmäßig?" lautet die Antwort: „Keine". Auch sein Vater hatte sich schon von der Hausarbeit ferngehalten und er selbst antwortet auf die Frage nach eigener Mithilfe im elterlichen Haushalt: „Nein".

Seine Frau, früher *Expedientin* (1939), jetzt Hausfrau: „8 Stunden schwere Arbeit ist genug für den Mann. Jeder soll seine Arbeit tun, ich bin für den Haushalt da." Ihre Mutter hatte 8 Kinder, trotzdem hat sie die Kinder- und Hausarbeit allein gemacht, der Vater hat sich nicht daran beteiligt.

Ein Sonderschullehrer (1946), bekennt sich im Einklang mit seiner Frau (1949), *Sekretärin,* ebenfalls zur alten Ordnung. „In Übereinstimmung mit meiner Frau betrachtet sie die Hausarbeit als ihren Beruf, ebenso wie ich den meinigen ausübe." (Dieser Partner übernimmt dementsprechend nur schwere Gartenarbeit und Reparaturen).

Ein *Konstrukteur* (1940) äußert sich kurz und bündig in gleichem Sinne: „Haushalt ist Sache der Ehefrau".

Zurückhaltend äußert sich ein *Kontrolleur* (1947): „Wenn keine Überstunden oder Kurse auf dem Programm stehen, kann man schon mal was machen."

Im Sinne der alten Rollenverteilung, aber mit Bejahung der Mithilfe bei Berufstätigkeit der Frau, stellt ein *Diplomingenieur* (1944) (1 Kind 5 Jahre) fest: „wenn beide arbeiten, ja, wenn die Frau zuhause ist, nein." In diesem Fall ist interessant, daß sein Vater nichts an Mithilfe im Haushalt leistete, er selbst sich auch nicht an der Arbeit im elterlichen Haushalt beteiligte und es auch ablehnte, sich mit seinem Baby zu befassen.

Einige negative Stimmen zur Mitarbeit der Kinder im Haushalt. Im Sinne der leider noch allzu oft üblichen Zuweisung von ausschließlich langweiligen Arbeiten an die Kinder meint eine *technische Zeichnerin* (1940), zwei Kinder, neun und elf Jahre: „Was Kinder ab neun Jahren helfen können: Tischabdecken, Geschirr abtrocknen, Papierkörbe ausleeren, Schuhe putzen und Mülleimer ausleeren."

Eine realistische Schilderung der *Schwierigkeiten,* die der Einführung von Arbeitsteilung zwischen Mann und Frau, zwischen Eltern und Kindern entgegenstehen, gibt die Mutter (1941) von zwei Töchtern, acht und zehn Jahre alt: „Ideal wäre es, wenn jeder in der Familie gewisse Aufgaben hätte, die er immer erfüllt. Bei uns findet Zusammenarbeit immer nur dann statt, wenn ich wieder richtig getobt habe, aber sie hält nie lange an. Mein Mann hilft mir viel, wo er kann und zwar von sich aus, ohne daß ich ihn um jeden Handgriff bitten muß. Das wäre ideal, wenn er geregelten Feierabend hätte, aber wann ist das schon? Meinen Kindern muß ich jeden Handgriff extra anschaffen, dann geht erst das Gezanke los, wer von den beiden was zu machen hat, dabei sind sie voller Angst, daß eine einen Strich mehr tun könnte, als die andere. Das geht mir dann derart auf die Nerven, daß es fast besser wäre, man macht die Arbeit selbst und hat seine Ruhe."

Auf die Frage: „Wie war es diesbezüglich in Ihrem Elternhaus?" lautet die Antwort: „Wir hatten ein Dienstmädchen. Keiner überlegte, wo man ihr etwas abnehmen oder selbst ordentlich sein könnte. Sie wurde ja dafür bezahlt, daß sie ewig hinter uns herräumte. Heute weiß ich erst, was das für ein Leben ist. Heute bin ich ‚die Minna'."

Auswertung der Antworten:

1. Personenkreis:

Die Teilnehmer gehörten zum großen Teil der Mittelschicht an, vom Facharbeiter zum Landwirt, vom Pfarrer zum Ingenieur, von der Krankenschwester zur Sekretärin, Übersetzerin und technischen Zeichnerin, vom Sonderschullehrer zum Oberstudienrat, von der Expedientin zur Arzthelferin. Das Alter der Frauen lag zwischen 25 und 44 Jahren, das Alter der Männer zwischen 26 und 46 Jahren.

2. Die Meinung der Frauen:

Alle Frauen ohne Ausnahme waren sich darin einig, daß bei Berufstätigkeit der Frau die Mithilfe des Mannes bei der Hausarbeit selbstverständlich sei. Dagegen gingen die Meinungen stark auseinander, ob die Frau auch Hilfe erwarten kann, wenn sie eines Kindes oder der Kinder wegen ganz zuhause bleibt. Die Frauen scheinen geneigt zu sein, den Mann möglichst zu schonen, vor allem, wenn er einen sehr langen und anstrengenden Arbeitstag hat. Die regelmäßige Beteiligung des Vaters an der Versorgung der Kinder und am Spiel mit ihnen erscheint jedoch allgemein erwünscht und selbstverständlich.

Die *Väter der Frauen* hatten nach alter Sitte zum größten Teil keinen Handstreich im Haushalt mitgeholfen; nur in 9 Fällen von 47 wurde positiv von der Mitarbeit des Vaters berichtet, und das fast ausschließlich beim Kochen, nicht etwa bei der Hausarbeit.

An ihre Brüder haben einige Frauen recht ungute Erinnerungen. Sie brauchten meist gar nicht oder viel weniger im Haushalt mitzuhelfen oder drückten sich heimlich vor der Arbeit, die ihnen aufgetragen worden war.

Die Mithilfe der Kinder wird von den Müttern ausnahmslos als wertvoll für deren Entwicklung bejaht, auch wenn sie lange Zeit keine „Hilfe“ bedeuten. Ab welchem Alter das sinnvoll ist, darüber bestanden Meinungsverschiedenheiten: die meisten Mütter meinen, wenn das Kind von sich aus helfen will, sollte es das auch tun dürfen, also etwa ab zwei Jahren. Einige Frauen nennen das Alter von sechs, andere von neun bis 10 Jahren. Die Mithilfe mit Geld zu belohnen, wird überwiegend abgelehnt, viel Lob wird empfohlen und „sie sollen das Gefühl haben, daß wir eine Gemeinschaft sind.“

3. Die Meinung der Männer:

Zwei Väter lehnen jede Beteiligung an der Hausarbeit grundsätzlich ab, einer betätigt sich an vier Tagen in der Woche sichtlich engagiert als Hausmann, da „Hausarbeit und Kinderversorgung, rationell gemacht, mein Hobby ist.“ Die übrigen 44 Antworten sind alle mehr oder weniger positiv, wobei die älteren Jahrgänge noch auf die übliche Einteilung: schwerere Arbeiten und Handwerkliches für den Mann, leichtere, typische Hausarbeit für die Frau, Wert legen, während die Jüngeren grundsätzlich alle Arbeiten übernehmen wollen. An ihren eigenen Vätern hatten die befragten Männer wenig Vorbilder: nur sieben von 47 konnten von einem mithelfenden Vater berichten.

Alles in allem fällt auf, daß die Antworten der Männer auf diesen Fragebogen der teilweisen Arbeitsteilung im Haushalt wesentlich positiver gegenüberstehen, als sich die Einstellung des männlichen Geschlechts bei ähnlichen Befragungen dargestellt hat. Mag sein, daß es sich bei den Teilnehmern der Volkshochschulkurse um eine Auslese besonders interessierter Paare gehandelt hat. Helge Pross berichtet dagegen in ihrer Untersuchung über „Die Wirklichkeit der Hausfrau“: „Über die Grenzen der Staaten und Gesellschaftssysteme hinweg, unbeeinflußt von ideologischen und wirtschaftlichen Gegensätzen ... besteht eine große Internationale: die Internationale der Ehemänner, die sich einig sind, Hausarbeit sei Frauensache. In allen westlichen Ländern, für die entsprechende Untersuchungen vorliegen, hat die männliche Mitarbeit den Charakter einer Gelegenheitsarbeit und nicht den der Partnerschaftlichkeit. Glaube auch niemand, das sei nur in den kapitalistischen Industriestaaten so! Sowjetische Soziologen berichten, in der Sowjetunion würden die Bürden der Hausarbeit fast ganz von der Frau getragen, auch wenn sie beruflich tätig ist.“

Zusammenarbeit in der Ehe – von Gesetzes wegen verordnet?

Der sozialistische Staat auf deutschem Boden, die Deutsche Demokratische Republik, hat 1965 ein neues Familiengesetz erhalten, in dem versucht wird, Partnerschaftlichkeit im häuslichen Zusammenleben von Staats wegen zu verordnen. So heißt es in § 2: „Die Gleichberechtigung von Mann und Frau bestimmt entscheidend den Charakter der Familie in der sozialistischen Gesellschaft. Sie verpflichtet die Ehegatten, ihre Beziehungen zueinander so zu gestalten, daß beide das Recht auf Entfaltung ihrer Fähigkeiten zum eigenen und gesellschaftlichen Nutzen voll wahrnehmen können ...“

§ 5 – Die Eheschließung: „Mit der Eheschließung begründen Mann und Frau eine für das Leben geschlossene Gemeinschaft, die auf gegenseitiger Liebe, Achtung und Treue, auf Verständnis und Vertrauen und uneigennütziger Hilfe füreinander beruht.“

§ 10: „Beide Ehegatten tragen ihren Anteil bei der Erziehung und Pflege der Kinder und der Führung des Haushalts. Die Beziehungen der Ehegatten zueinander sind so zu gestal-

ten, daß die Frau ihre berufliche und gesellschaftliche Tätigkeit mit der Mutterschaft vereinbaren kann.

Ergreift der bisher nicht berufstätige Ehegatte einen Beruf oder entschließt sich ein Ehegatte, sich weiterzubilden oder gesellschaftliche Arbeit zu leisten, so unterstützt der andere in kameradschaftlicher Rücksichtnahme und Hilfe das Vorhaben seines Ehegatten."

§ 12: „... Ein Ehegatte, der keine eigenen Einkünfte oder Mittel hat, leistet seinen Beitrag allein durch die Arbeit im Haushalt und die Betreuung der Kinder ..."

Gesetzliche Regelung für die Haushaltsführung in der Bundesrepublik Deutschland. Schon *1958 wurde in der 1. Familienrechts-Reform* durch die Anerkennung der Hausfrauentätigkeit als einem dem Arbeitseinkommen des Mannes gleichwertigen Beitrag zum Familienunterhalt ein großer Fortschritt gegenüber dem alten Familienrecht von 1900 erzielt.

Die zweite Familienrechtsreform von 1977 geht hier noch wesentlich weiter. Inzwischen ist „Partnerschaft" das neue Leitbild für die Ehe geworden; auch der Mann kann seinen Beitrag zum gemeinsamen Unterhalt in Form von Hausarbeit und Kinderbetreuung leisten. So heißt es im neuen § 1356 BGB: „Die Ehegatten regeln die Haushaltsführung im gegenseitigen Einvernehmen. Ist die Haushaltsführung einem der Ehegatten überlassen, so leitet dieser den Haushalt in eigener Verantwortung. Beide Ehegatten sind berechtigt, erwerbstätig zu sein. Bei der Wahl und Ausübung einer Erwerbstätigkeit haben sie auf die Belange des anderen Ehegatten und der Familie die gebotene Rücksicht zu nehmen."

§ 1360 BGB: „Die Ehegatten sind einander verpflichtet, durch ihre Arbeit und mit ihrem Vermögen die Familie angemessen zu unterhalten. Ist einem Ehegatten die Haushaltsführung überlassen, so erfüllt er seine Verpflichtung in der Regel durch die Führung des Haushalts."

Dies ist das heute geltende Recht, der Rahmen, der vom Gesetzgeber gesetzt ist.

Sozialismus oder Kapitalismus – trotz aller fortschrittlichen

Formulierungen im Gesetzestext ist das Patriarchat hüben wie drüben noch weitgehend für die gesellschaftliche Wirklichkeit bestimmend geblieben. Was an Berichten über die alltägliche Wirklichkeit in den Familien der DDR herüberdringt, ist nicht dazu angetan, an große Unterschiede zwischen Einstellung und Praxis der dortigen (deutschen) Männer und unseren Familienvätern zu glauben. Hüben und drüben ist noch ein großes Stück Weges bis zu echter Partnerschaft im Alltag zurückzulegen. Vor allem aber ist durch alle diese gesetzlichen Bestimmungen das störungsfreie Aufwachsen der kleinen Kinder keineswegs gesichert, die der festen Bezugspersonen bedürfen.

Die Familienphase

In diesem Kapitel geht es darum, die Idee der Partnerschaftlichkeit auf ihre Eignung zur Lösung der Probleme heutiger Familien zu prüfen. Das Glück aller Familienangehörigen steht zur Debatte; seine Vorbedingungen wurden bereits in den Erörterungen zur Rolle des Vaters, des Kindes und der Mutterrolle angesprochen. Die Frau als diejenige, die nach den lange Zeit gültigen Vorstellungen von einer „guten Mutter" nie an sich selbst hatte denken dürfen, soll darin besondere Berücksichtigung finden. Die Schlüsselrolle hat hier der Mann zu spielen, vor allem in der Gestalt des „neuen Vaters".

Der neue Vater. Wenn Theodor Heuss die Emanzipation der Frau die größte Revolution des 20. Jahrhunderts nannte, so ist die Erscheinungsform des „neuen Vaters" sicherlich die zweitgrößte zu nennen. Ein Vater, der sich mit seiner Frau zusammen auf das Geburtsgeschehen und die Säuglingspflege vorbereitet, der seine Frau bei der Geburtsarbeit aktiv unterstützt und seinem Kind von Anfang an neben der Liebe auch Pflege angedeihen läßt, ist eine völlig neue männliche Existenzform. Das bedeutet nicht nur für die Frau eine beglükkende Erfahrung, sondern auch für den Mann selbst, denn: Glück ist für den reifen Menschen das Bewußtsein, im Einklang mit dem eigenen Schicksal zu leben, von anderen Menschen gebraucht zu werden und andere Menschen beglücken zu können.

Der neue Vater ist am Lebensanfang seines Kindes dabeigewesen, er unterstützt auch Mutter und Kind in der wichtigen Eingewöhnungszeit nach der Rückkehr aus der Klinik. Eingearbeitet wie er durch seine Beteiligung an der Hausarbeit in der kinderlosen Phase ist, wird er den kleinen Haushalt ohne Schwierigkeit übernehmen, vorausgesetzt, er kann ein bis zwei Wochen des Jahresurlaubs nehmen, die vielfache Zinsen tragen werden. Wenn Vater und Mutter das Kind gemeinsam versorgen, wenn er die Mutter bei den Anfangsschwierigkeiten des Stillgeschäfts durch ermutigenden Zuspruch praktisch unterstützt und sein belastbarer „Spannungsbogen“ ihm hilft, die unvermeidlichen nächtlichen Störungen der ersten Wochen gelassen zu ertragen, dann erleben beide Eltern eine tiefe Verbundenheit, von der Ehepaare alten Stils keine Ahnung haben konnten. Früher war gerade das Wochenbett und die erste Zeit danach eine Ehephase, in der die Partner in streng getrennten Rollenbereichen lebten.

Einzelne Vorläufer des „neuen Vaters“ hat es schon in vergangenen Jahrhunderten gegeben. Martin Luther (1483–1546) hat sich zur Beteiligung des Vaters an der Kinderpflege wie folgt geäußert: „Wenn ein Mann herginge und wüsche die Windeln oder täte sonst ein verachtet Werk und jedermann spottete sein und hielte ihn für einen Maulaffen und Frauenmann, so sind solche Spötter die größten Narren auf Erden.“ Von Matthias Claudius, dem Dichter des unsterblichen Liedes „Der Mond ist aufgegangen“ (1740–1815) wird berichtet, er habe zum Befremden der Hamburger Bürger stets seine Kleinen auf dem Rücken getragen und in aller Öffentlichkeit mit ihnen auf dem Rasen der Anlagen herumgetollt. So ist das vermeintlich Neue zum Teil doch nicht gar so neu; freie Geister haben wohl immer schon getan, was sie für richtig fanden, ohne Rücksicht auf die derzeit herrschende öffentliche Meinung.

Die neue Mutter und ihr Lebensplan. Junge Mütter mit dem Kind auf dem Arm oder im Wagen sind immer ein erfreulicher

Anblick; in neuerer Zeit vermißt man jedoch bei ihnen häufig den Ausdruck strahlenden Glückes. Für ihre Großmütter, vielleicht noch für ihre Mütter bedeutete das erste Kind den Beginn ihrer eigentlichen Karriere als Frau und Mutter – viele der Heutigen sehen darin eher eine Sackgasse, aus der sie noch keinen Ausweg sehen, und immer eine radikale Umstellung ihrer Existenz. Darum ist neben dem Gedeihen ihres Kindes nichts so wichtig für die Seelenverfassung der jungen Mutter als gemeinsam mit ihrem Partner einen Lebensplan für sich selbst und das gemeinsame Leben mit dem Kind aufzustellen, mit all den Unsicherheitsfaktoren, die jeder Plan nun einmal miteinschließt.

Für einen Mann war es von jeher selbstverständlich, daß er sich von früher Jugend an ein Bild von seiner beruflichen Zukunft machte, wenn sich diese nicht aus dem Erbe eines Hofes oder einer anderen Existenzgrundlage von selbst verstand. Mit gleicher Selbstverständlichkeit, jedoch mit noch mehr Mut zum Risiko und zu vorhersehbaren Umstellungen muß die junge Frau von heute an ihren Lebensplan herangehen, will sie nicht ein quasi Männerleben führen und ganz auf Kinder verzichten.

Der Lebensplan für die Mutter. Bei dem Vertrauensverhältnis, das bei einer echten Liebes-Partnerschaft vorauszusetzen ist, werden die Ideen und Pläne der Frau vom Mann ebenso ernst genommen, wie er das gleiche bezüglich seiner Berufs- und sonstigen Zukunftspläne von seiner Frau mit Recht erwartet.

Der dritte im Bunde, das erste Kind, ist da. Es kann seine Interessen noch nicht selbst vertreten, sie müssen von den Eltern in deren Pläne mit einbezogen werden in dem Wissen, daß es der verletztlichste und abhängigste Teil des Dreigespanns ist. So hängt von der gewissenhaften Beratung der Eltern ab, ob es willentlich ein Einzelkind bleiben oder Geschwister bekommen soll. Die Frage weiterer Kinder steht an erster Stelle der wichtigen Beratungspunkte, alle anderen Pläne müssen sich diesem Rahmen einfügen. Auch wenn diese Frage positiv beantwortet wird, braucht die Mutter keinesfalls das Gefühl zu haben, sie säße nun auf ewig „in der Falle“ der traditionellen

Mutterrolle – es gibt tatsächlich ein Buch mit dem Titel: „Die Baby-Falle".

In die Beratung sind noch andere Punkte mit einzubeziehen wie die Frage nach der Beendigung einer begonnenen Ausbildung der Frau, weiter nach den Chancen für einen späteren Wiedereinstieg in ihren Beruf – welche Fristen zu beachten sind, welche Weiterbildung notwendig und möglich ist. Vor allem anderen aber muß geklärt werden, ob ein Zuverdienen der Mutter unbedingt notwendig ist, welche Möglichkeiten dafür denkbar sind und wer das Kind in Abwesenheit der Mutter versorgen könnte, wenn das nicht vom Vater übernommen werden kann.

Was bei der Entscheidung für eine Erwerbstätigkeit zu bedenken ist. Manchmal sieht es so aus, als ob die junge Mutter überhaupt keine freie Entscheidung darüber hätte, ob sie nach der Mutterschutzfrist an ihren Arbeitsplatz zurückkehren soll oder nicht. Wenn von der Gründung des Hausstandes – hoffentlich nicht von der Anschaffung eines zu teuren Autos – noch Schulden zu zahlen sind, für deren Tilgung das Einkommen des Mannes nicht ausreicht, scheint ihr nichts anderes übrig zu bleiben. Zunächst kann sie für die Zeit vom dritten bis zum sechsten Monat des Kindes den verlängerten Mutterschaftsurlaub und Zahlung von Urlaubsgeld beantragen, ihr Arbeitsplatz muß ihr solange erhalten bleiben.

Die Trennung von der gewohnten und geliebten Bezugsperson ausgerechnet im Alter von sechs Monaten, das, wie bereits vermerkt, den Höhepunkt der Bindungsphase zwischen Mutter und Kind bedeutet, ist für das Baby eine so große seelische Belastung, daß alles versucht werden sollte, ihm diese zu ersparen. Die Finanzierungslücke ist selten so groß, wie das Einkommen der Frau gewesen ist. Man sollte diesen Fehlbetrag genau berechnen und unter Umständen lieber geldliche Unterstützung der Eltern annehmen, wenn eine solche möglich ist, als die Betreuung durch die Großmutter, wenn täglicher Ortswechsel damit verbunden wäre. Bei aller Wertschätzung großmütterlichen Einspringens sollten wenigstens im ersten Lebensjahr Mutter und Kind beisammen bleiben können, um eine feste Mutter-Kind-Bindung zu ermöglichen. Darum sollten alle Möglichkeiten geprüft werden, die der Mutter einen Nebenverdienst verschaffen können, ohne daß sie ganz- oder halbtags aus dem Haus gehen und ihr Kind anderen überlassen muß.

Heimarbeit: hier ist nicht an schlechtbezahlte, geisttötende, sondern an qualifizierte Heimarbeit gedacht, wie Schreibmaschinenarbeit für Freiberufliche, Buchführung für kleinere Betriebe in der Nachbarschaft, Übersetzungen, wo Sprachkenntnisse vorhanden, Ausbau einer schriftstellerischen Begabung durch freie Mitarbeit an Zeitschriften oder in den Medien.

Man spricht heute schon von ganz neuen Möglichkeiten der Heimarbeit, die sich durch die Wunderkinder der modernen Technik, die Mikroprozessoren, eröffnen werden, und das nicht nur für Frauen.

Unterricht: Wem durch seine Berufsausbildung die Möglichkeit gegeben ist, Privatstunden (Musik, Nachhilfe in vielen Fächern, Gymnastik für Kinder, Legastheniker-Behandlung, um nur einige zu nennen) zu geben, hat ein besonders günstiges und auch sicheres Arbeitsfeld, denn guter Privat-Unterricht ist immer gefragt; kluge junge Frauen haben schon bei ihrer Berufswahl an die Verwertung ihrer Ausbildung während der Familienphase gedacht, die zugleich zur Beschäftigung mit dem erlernten Fach zwingt.

Aushilfen: In manchen Branchen werden Samstags-Aushilfen gesucht. Wenn der Ehemann sich des Wocheneinkaufs, des Haushalts und der Kinder annimmt, kann eine solche Tätigkeit der Mutter gleichzeitig Zuverdienst, willkommene Abwechslung und den Kontakt mit dem erlernten Beruf verschaffen.

Solche Lösungen verlangen wohl allseitige Opfer an Freizeit und Bequemlichkeit, alles aber deutet darauf hin, daß auf eine lange Zeitspanne scheinbar unbegrenzter wirtschaftlicher Möglichkeiten eine schwierige Zeit für alle folgen wird. Es wird für den Einzelnen wie für Familien darauf ankommen, sich beweglich der Nachfrage anzupassen, anstatt allein mit dem erlernten Beruf Geld verdienen zu wollen. Warum sollte eine Mutter nicht viel mehr als bisher „bezahlte Nachbarschaftshilfe“ anbieten? Ein kleines Inserat im Lokalblatt genügt, wenn man bereit ist, stundenweise Betreuung alter Menschen, Ausbessern, Bügeln oder dergleichen zu übernehmen – nach alledem besteht dauernd Nachfrage.

Aufsichts- und Erziehungsarbeit an Kindern: Die Diskussion über das Projekt „Tagesmütter“ hat die Aufmerksamkeit auf die Möglichkeit gelenkt, durch Tagespflege von Kleinkindern erwerbstätiger, vor allem alleinerziehender Mütter, zuhause Geld zu verdienen. Mittagstisch und Hausaufgabenüberwachung für ein Schulkind ist ebenfalls ein Angebot, das mancher erwerbstätigen Mutter eine große Sorge abnehmen könnte und ein gutes Honorar wert wäre. In manchen Familien wäre – etwa als Geschwister-Ersatz für ein Einzelkind – die Aufnahme eines Kindes in Dauerpflege denkbar. Dies alles sind Leistungen, die zwar nicht mit Gold aufgewogen, aber doch so vergütet werden, daß sie sich vor allem auch durch größere Rentabilität des Haushaltsbetriebes finanziell lohnen können.

Solche in der eigenen Wohnung oder in nächster Nähe ausgeübten Tätigkeiten liegen ganz auf der Linie einer erweiterten sozialen Mütterlichkeit, die dem heute stark ausgeprägten, sozialen Verantwortungsgefühl junger Menschen entgegen kommt. Beschäftigung mit Erziehungsproblemen fremder Kinder kommt schließlich auch immer den eigenen Kindern zugute.

Diese wenigen Beispiele sollen zeigen, daß es bei finanziellen Engpässen nicht nur die üblichen Lösungen von Halb- oder Ganztagsstellen in Betrieben, sondern auch ganz andere Verdienstmöglichkeiten gibt, die herauszufinden einiger Phantasie und Anstrengung bedarf, die aber der Mutter für die wichtige erste Lebenszeit das Zusammenbleiben mit ihrem Kind für den größten Teil des Tages sichern. Dies Ziel durch verstärkte Zusammenarbeit gemeinsam zu erreichen, wird auch für den Vater befriedigend sein.

Es wäre kurzsichtig und dazu noch völlig materialistisch gedacht, wenn man davon ausgeht, männliche Unterstützung im Haushalt sei nur angebracht, wenn die Mutter einer normalen Erwerbsarbeit oder einer bezahlten Nebentätigkeit nachgeht. Wie schon aus den Antworten zum „Fragebogen" hervorgeht, sind viele Männer und Frauen dennoch dieser Ansicht, die man auf eine einfache Formel bringen kann: verdient die Frau Geld – hilft der Mann mit, ist sie hauptamtlich Mutter und Hausfrau – hat sie keine Mithilfe zu erwarten.

Der wirklich moderne Familienvater hat darüber eine ganz andere Meinung. Er sieht es als eine Aufgabe echter Partnerschaft an, seine Frau in ihrem Streben nach Weiterbildung und nach Erhaltung ihrer Gesundheit zu unterstützen; auch gesellschaftlichem Engagement sollte sie im Rahmen des Möglichen nicht gegen seinen Wunsch, sondern im Einvernehmen mit ihm nachgehen können.

Freizeitbedarf für Weiterbildung im Interesse der Familie. Mütter, die in haushalts- und familienfremden Berufen tätig waren – und das ist heute die Mehrzahl – haben häufig den Wunsch, ihre Kenntnisse in Erziehungsfragen zu verbessern. Die allgemeine Klage, Mütter seien auf ihrem wichtigsten Arbeitsgebiet, der Erziehung, Ungelernte, darum sollten kleine Kinder möglichst frühzeitig in die Hände von „Fachkräften" kommen, kann nur dadurch widerlegt werden, daß Mütter Zeit und Gelegenheit zum Nachlernen erhalten. Kurse über die Erziehung von Kindern der verschiedenen Altersstufen werden ständig von Familienbildungsstätten und Volkshochschulen angeboten. In den gleichen Bildungsstätten kann man auch moderne hauswirtschaftliche Kurse belegen. Zeitgemäße Vollwert-Ernährung, Kochen aller Schwierigkeitsgrade, rationelles Haushalten, Umgang mit dem Geld und zahlreiche Schneiderkurse zur Erlernen dieses einträglichen Hobbys stehen in den Programmen. Neben dem Gewinn an Kenntnissen und Fertigkeiten hilft die Kursgemeinschaft die Isolierung der Familienfrau überwinden und gibt Gelegenheit, neue Kontakte, ja Freundschaften anzuknüpfen.

Freizeitbedarf zur Erhaltung der Berufsfähigkeit. Für diejenigen Mütter, die einen Beruf erlernt haben, den sie später wieder aufnehmen wollen, wenn die Kinder sie nicht mehr dauernd brauchen, ist die Erhaltung ihrer Berufstüchtigkeit ein dringendes Anliegen.

Es gehört viel Energie dazu, neben den Familienpflichten beruflich einigermaßen „am Ball" zu bleiben – das gilt für die Ärztin so gut wie für die Sekretärin und die Lehrerin aller Fächer. Diesem Ziel ist mit Aushilfen gedient, ferner durch das dauernde Studium von Fachliteratur, Angebote der Medien (Telekollegs) und Fernlehrgänge. Überdies kann das Erlernen einer neuen Fremdsprache oder die Erweiterung vorhandener Sprachkenntnisse die Berufschancen verbessern. Weil der Übergang von jahrelanger Familientätigkeit in die inzwischen stark veränderte Berufswelt nicht leicht ist, gibt es Speziallehrgänge der Arbeitsämter und allgemeine Motivationskurse „Neuer Start nach 35", in denen Frauen eine gezielte Vorbereitung auf einen Neueinstieg in den Beruf oder ein Ehrenamt erhalten. Darüber informiert ein Herder-Taschenbuch anhand der Erfahrungen mit Kursen in Freiburg i. Br.*

Freizeitbedarf für ehrenamtliche Aktivitäten in Elternvertretungen (vom Kindergarten bis zum Gymnasium), in der Kirche, in Verbänden und Parteien. Was wären all' diese Gruppen ohne die Mitarbeit nichterwerbstätiger Mütter! Solche Frauen sind meist die Seele und auch die fleißigen Hände solcher Zusammenschlüsse, denn wer außer ihnen sollte die Zeit dazu erübrigen, wer hat ein so vitales Interesse an der Gestaltung einer menschenwürdigen Zukunft wie die Mütter? Mitarbeit in Institutionen bedeutet die Anknüpfung neuer Kontakte, dazu die Einübung in gesellschaftliche und parlamentarische Arbeitsweisen und sprengt das enge Kleinfamilien-Denken, auch im Interesse der heranwachsenden Kinder. Nicht selten entwickeln sich aus solchem gemeinnützigen Einsatz neue berufliche Chancen oder Möglichkeiten ernsthafter politischer oder sozialer Betätigung.

---

* Ida-Maria Baehrle, Neuer Start nach 35, Herder-TB 777, 1980.

Genug der Beispiele, die aus dem Erfahrungsbereich jedes Einzelnen beliebig ergänzt werden können. Genug zu wissen, daß der Familienfrau mit mehr als einem Kind eine sinnvolle Nebenbeschäftigung gleich welcher Art oder die Pflege von Interessen außer Haus kaum möglich ist, ohne mit den häuslichen Pflichten in Verzug zu geraten – wenn der hilfreiche Partner nicht, wie der Swinigel im Märchen die Heimkehrende mit den Worten empfängt: „Ick bün all hier", das heißt, „ich habe schon das Kind vom Kindergarten geholt, die Wäsche aufgehängt oder das Abendbrot vorbereitet". Herr Swinigel und Frau sind übrigens Musterbeispiele der vollkommenen gegenseitigen Stellvertretung von Mann und Frau – nachzulesen in Grimm's Märchen „Vom Hasen und vom Swinigel".

Freizeitbedarf zur Erhaltung von Gesundheit und gutem Aussehen. In einem früheren Kapitel war bereits von den beträchtlichen körperlichen Anforderungen an die Mutter von Kleinkindern die Rede. Regelmäßiges sportliches Körpertraining einfachster Art, von der Mädchenzeit an und besonders auch in der Jungmutterzeit wurde als bestes Mittel zur Erhaltung der Gesundheit und der Kraft empfohlen. Wieder muß daran erinnert werden, daß selbst die regelmäßigen zehn Minuten Gymnastik am Morgen *Zeit* erfordern, die man sich nehmen muß, denn: zu den wichtigsten Pflichten sich selbst und dem Partner gegenüber sollte es gehören, eine gute Figur, gutes Aussehen und ausreichende Körperkräfte zu erhalten. Dies ist möglich, trotz Schwangerschaften, Stillzeiten und den anstrengenden Zeiten in der Kleinkinderstube. Die Geburt von Kindern ist keineswegs nur eine Belastung, sondern auch die Gelegenheit zur Erneuerung des Körpers und zur Stärkung aller Organe durch vorübergehende Überbelastung. Eine natürliche, gesunde Lebensweise ist allerdings die Voraussetzung solcher positiver Erfahrungen des Mutterseins. Dazu gehört eine sinnvolle Ernährung, der Verzicht auf schädliche Genußgifte wie Rauchen und Alkohol (letzterer nur als Ausnahme, nicht als Regel genossen), viel Bewegung in frischer Luft. Zu den einfachsten und zugleich wirkungsvollsten guten Gewohnheiten zur Anregung des Kreislaufs und zur Pflege der Haut gehört das tägliche Trockenbürsten des ganzen Körpers, gefolgt von zehn Minuten Frühgymnastik. Und woher die Zeit dafür nehmen? Diese fünfzehn Minuten springen schon allein dadurch heraus, wenn Mann und/oder Kinder schon abends den Frühstückstisch decken und „jemand“ dann auch das Frühstück bereitet. Warum muß das immer die Mutter tun?

Regelmäßiges Schwimmen auch im Winter, wo immer dazu Gelegenheit ist, Schlittschuhlaufen und Ski-Langlauf in den Parks und in den Vororten der Städte sind Sportarten, die wenig kosten und bald mit den Kindern zusammen betrieben werden können, wodurch ein mehrfacher Vorteil erzielt wird.

Diese wenigen, eigentlich selbstverständlichen Anregungen erweisen sich als notwendig, weil die Erfahrung von allzuvielen Müttern weiß, die aus Gewissenhaftigkeit gegenüber ihrer Hausfrauenaufgabe sich den Zeitaufwand für sportliche Aktivitäten glauben nicht leisten zu dürfen (oder ihre Trägheit damit verdecken). Dem gegenüber ist zu betonen, daß das seelische und körperliche Wohlbefinden *aller* Familienangehörigen, auch der Mutter selbst, viel wichtiger ist als manche häusliche Tätigkeit, vor allem wichtiger als Putzen. Wo die Familie zusammenarbeitet, wird für diese erfreulichen Dinge auch Zeit genug sein.

Die Familie als Arbeitsteam – wie gewinnt man Kinder zur Mitarbeit?

Team-work, Mannschaftsarbeit sind Begriffe, die ursprünglich aus der Sprache des Sports stammen, heute aber auf viele andere Lebensbereiche angewandt werden, sogar auf die Zusammenarbeit von mehreren Wissenschaftlern oder Künstlern an einer gemeinsamen Aufgabe. Im Team sind alle Mitspieler aufeinander angewiesen. Alle haben im Grunde nur ein Ziel, nämlich ein gutes Spiel zu liefern.

Dieses Bild läßt sich auch auf die Zusammenarbeit der Familie im Haushalt anwenden. Beginnend mit der Einübung eines guten Zusammenspiels der Partner in der kinderlosen Phase, werden später die Kinder je nach ihrem Alter und Können in die Familienmannschaft einbezogen. Der Hausfrau

sollte aus praktischen Gründen die organisatorische Verantwortung als Betriebsleiterin des „Kleinbetriebes Haushalt" vorbehalten bleiben.
Im Zuge der aktuellen Diskussion über eine gerechtere Aufteilung der Hausarbeit in der Familie wird fast ausschließlich die weithin noch fehlende Mitarbeit des Mannes und Vaters beklagt, die Kinder aber werden nicht erwähnt, die von einem gewissen Alter (etwa ab dem fünften Lebensjahr) durchaus hilfreich sein können und bei klugem Vorgehen der Eltern dies auch selber wollen.

Ehe und Familie sind Kleingruppen, die in ständigem Wandel begriffen sind. Säugling und Kleinkind bedeuten eine weit größere Arbeitsbelastung als Schulkinder; während der ersten Kinderjahre ist der Mann oft als einzige Hilfe und Ablösung der Mutter unentbehrlich. Mit den Jahren ändert sich das Bild. Die berufliche Belastung des Vaters nimmt häufig zu, gleichzeitig aber wachsen die Kinder bei geschickter Anleitung in die häuslichen Arbeiten hinein, so daß sie ihr eigenes Reich in Ordnung halten und auch in Küche und Haushalt die Mutter wie den Vater etwas entlasten können.

Zu viel Hilfe zu verlangen, ist ebenso verkehrt wie die verbreitete Gewohnheit, Schulkinder völlig von der Hausarbeit zu dispensieren, weil sie mit Schularbeiten angeblich so belastet sind. Zeit zum Spielen muß jedem Kind verbleiben. Der vielbeklagte Leistungsdruck der Schule darf aber nicht dazu führen, Schulkinder von früh bis abends zu bedienen.
Der Gesetzgeber hat für dieses in sehr vielen Familien auftauchende Problem der Mithilfe einen vernünftigen Rahmen geschaffen. Was viele Eltern nicht wissen: in § 1619 des Bürgerlichen Gesetzbuches ist die Verpflichtung der Kinder festgelegt, im Haushalt der Eltern mitzuhelfen: *„Das Kind ist, solange es dem elterlichen Hausstand angehört und von den Eltern erzogen oder unterhalten wird, verpflichtet in einer seinen Kräften und seiner Lebensstellung entsprechenden Weise in ihrem Hauswesen und Geschäft Dienste zu leisten."*
Doch was nützt ein solcher Paragraph, der noch dazu weitgehend unbekannt ist! Bekannt ist nur das verbreitete Klagelied: *„Meine Kinder wollen im Haushalt nicht helfen!"*

Kleine Kinder wollen helfen. Wie bei allen anderen Entwicklungsschritten, gibt auch hier das Kind selbst zu erkennen, wann es etwas Neues beginnen, wann es sich an der Hausarbeit beteiligen möchte. Das ist gewöhnlich viel früher der Fall, als es die Mutter erwartet, auf jeden Fall früher, als das Kind ihr eine wirkliche Hilfe sein kann. Es gibt kein gesundes Kleinkind, das nicht mit eineinhalb bis zweieinhalb Jahren aus seinem Nachahmungstrieb heraus all das auch tun möchte, was die Mutter oder deren Stellvertreterin gerade im Haushalt verrichtet: es möchte mitmachen beim Abwaschen, beim Fußboden- und Fensterputzen, beim Waschen – alles, was mit Wasser zu tun hat, übt die größte Anziehungskraft aus, auch bei Koch- und Backvorbereitungen möchte es sich beteiligen.

Wie man es nicht anfangen darf ... Es ist von entscheidender Bedeutung für die spätere Entwicklung des Kindes und des späteren Erwachsenen zum Helfen wie zur Arbeit überhaupt, ob seine ersten Versuche *ermutigt* oder *entmutigt* werden. Redensarten wie „Geh weg, du machst dich nur schmutzig", oder „du machst mir bloß noch mehr Arbeit" gehen den Müttern nur zu leicht über die Lippen. Sie werden vom Kind als brüske Zurückweisung empfunden und man darf sich nicht wundern, wenn solcherart entmutigte Kinder fünf oder zehn Jahre später oft nicht mehr die geringste Lust haben, sich an der Hausarbeit zu beteiligen. Die oberste Regel lautet also: Die ersten Hilfsangebote nicht zurückweisen!

Des weiteren spielt die eigene Einstellung der Mutter zur Hausarbeit eine entscheidende Rolle bei der Gewinnung der Kinder zur Mitarbeit. Es ist verhängnisvoll, wenn Mütter vor den Ohren ihrer Kinder über die Last der Hausarbeit im allgemeinen oder besonders unangenehme Arbeiten klagen und diese womöglich auf die Kinder abschieben. Wenn man sie ausschließlich zum Staubwischen und Müll wegtragen heranzieht, braucht man sich über ihre Unlust bei der Mithilfe nicht zu wundern.

Die zweite Regel lautet also: *Jammern ist ansteckend, Arbeitsfreude steckt auch an* – darum sollte sich die Mutter um eine positive Haltung den notwendigen Arbeiten gegenüber bemühen. Und die dritte Regel: *Kinder sollten von Anfang an auch interessante Arbeiten tun dürfen;* Kochen und Backen, auch die Bedienung elektrischer Geräte (Mixer) sind besonders beliebt. Die vierte Regel geht von negativen Erfahrungen aus, wie sie von Erwachsenen aus ihrer Kindheit berichtet werden und die, wie alle frühen Eindrücke, oft unbewußt im Gedächtnis haften bleiben und Jahrzehnte später der Haus- oder Gartenarbeit den Stempel des Verhaßten aufprägen: wo solche Tätigkeiten häufig als *Strafe* verordnet werden, darf man sich nicht über mangelnden Eifer beklagen. Mädchen vergessen zeitlebens auch nicht den Zorn, den sie empfunden haben, wenn sie ihren Bruder oder die Brüder bedienen mußten oder einseitig zur Hausarbeit herangezogen wurden, während man die Brüder „geschont" hatte. Eltern sollten solche Erziehungsfehler unbedingt meiden: *Hausarbeit darf nie zur Strafe verrichtet werden müssen, Jungen und Mädchen sind stets in gleicher Weise heranzuziehen, lautet die vierte Regel.*

Zur Illustration der Situation in einer Familie, in der keinerlei Zusammenarbeit bei der Hausarbeit stattfindet, sei der Brief einer Hörerin angeführt, den sie nach einer Sendung über „Arbeitsteilung in der Familie" an den Bayerischen Rundfunk geschrieben hat:

„... Meine zwei halbwüchsigen Kinder, ein Sohn und eine Tochter, helfen nicht im Haushalt, ich hatte nicht die nötige Energie, um dies in die Wege zu leiten. Außerdem war es für mich eigentlich selbstverständlich, daß meine Kinder diese dummen Arbeiten nicht zu machen bräuchten, solange sie nur so wenig Freizeit haben, solange sie noch so viel zu lernen haben. Und dann stellen sie sich so ungeschickt und mißmutig an, daß ich wirklich allein rascher fertig werde. Auch mein Mann hilft gar nicht im Haushalt, was ich auch niemals erwarten oder verlangen würde, da er sehr müde nach Hause kommt. Ich bediene meinen Mann, wenn er heimkommt, und möchte nie, daß er noch Dinge im Haushalt erledigt. So bleibt halt alles restlos für meine Hände und mir wächst alles über den Kopf ..." Die Dringlichkeit eines Sinneswandels bei den Müttern, aber auch bei Vätern könnte anschaulicher nicht dargestellt werden.

Der richtige Weg: *Zusammenarbeit im Haushalt macht Kinder geschickt und glücklich.* Eine im besten Sinne moderne Mutter wird jede Gelegenheit nutzen, schon ihr Kleinkind in die alltägliche Arbeit mit einzubeziehen und es bei seinen unbeholfenen Versuchen zu helfen immer wieder ermutigen. Sie wird ihm erklären, was sie gerade tut - was auch sein Sprachverständnis fördert – sie wird ihm einen kleinen Lappen geben, wenn sie mit dem großen sauber macht, auch wenn es dabei manche kleine Überschwemmung gibt. Die Wirkung: das Kind macht neue Sinneserfahrungen, es ist beschäftigt und glücklich, die Mutter kann es auch sein, denn die einfachste Hausarbeit bekommt auf diese Weise einen pädagogischen Sinn. Das Kind wird mit jedem Handgriff geschickter, vor allem aber werden auf lange Sicht die Weichen für spätere gemeinsame Arbeit im Familienteam richtig gestellt.

Das Vorbild des Vaters wirkt Wunder. Auch die seltene und zeitmäßig nicht belastende Mitarbeit des Vaters bei der Hausarbeit wie das Miterleben einer selbstverständlichen Zusammenarbeit von Vater und Mutter beim Kochen, beim Abspülen, beim Bügeln und Zusammenlegen der Wäsche wirkt ohne Worte, besonders bei den Jungen, für die der Vater Identifikationsfigur ist. Es wirkt auch Wunder, wenn die Mutter dem Sohn oder der Tochter die angenehmere, interessantere Arbeit beim Kochen, Gebäck verzieren oder das Ausräumen des Geschirrspülers überläßt, während sie selbst das weniger beliebte Handspülen oder das Reinigen des Spülbeckens übernimmt.

Oberstes Ziel der frühen Betätigung der Kinder im Haushalt ist zunächst nicht die Entlastung der Mutter, sondern der Gewinn an Erfahrungen, die das Kind dabei macht, die für seine eigene Zukunft eine wesentliche Hilfe sein können. Es ist keine Übertreibung, wenn der klugen und geduldigen Mutter bescheinigt wird, sie habe durch solche Hinführung der Kinder an die Familienaufgabe viel für deren künftige Familienfähigkeit getan. Wenn dies auch nicht das oberste Ziel ist: immer wird die geleistete Hilfe von Jahr zu Jahr zunehmen. So können Sechs- bis

Achtjährige bei Krankheit der Mutter die notwendigsten Haushalts- und Küchenarbeiten erledigen. Zehnjährige können den größten Teil der Weihnachtsbäckerei übernehmen. Bis zur Vorpubertät (etwa 10 Jahre) sollten Jungen und Mädchen die Grundbegriffe der Haushaltsreinigung und des Kochens, die Bedienung der Waschmaschine, das Wäscheaufhängen und einfaches Bügeln beherrschen. Vorrangig kann in den Ferien geübt werden.

Viel Lob und Anerkennung, frühe Erfolgserlebnisse, Zurückhaltung mit Kritik helfen auch in den Jahren des Widerspruchs den Zusammenhalt des Familienteams zu bewahren. Ein Ämterplan erinnert an die selbstübernommenen Pflichten. Solche „Ämter" sind besonders bei Schulkindern geeigneter als unregelmäßige Anforderungen. Auf keinen Fall sollten Kinder immer wieder von den Hausaufgaben oder intensivem Spiel zu Hilfeleistungen oder Besorgungen weggerufen werden, eine leider vielgeübte Methode, um Kindern die Haushaltsarbeit gründlich zu verleiden.

Beispiel für einen Ämterplan (4 Wochen)
für eine Familie mit Schulkindern

	1. Woche	2. Woche	3. Woche	4. Woche
Vater	Handspülen oder Geschirrspüler ein- und ausräumen	Frühstückstisch decken Tiere versorgen	Zimmerpflanzen Staubsaugen	Einkaufen abrechnen
Ursel	Frühstückstisch decken Tiere versorgen	Handspüler Geschirrspüler	Einkaufen abrechnen	Zimmerpflanzen Staubsaugen
Bernhard	Zimmerpflanzen Staubsaugen	Einkaufen abrechnen	Frühstückstisch decken Tiere versorgen	Geschirrspüler Handspülen
Thomas	Einkaufen abrechnen	Zimmerpflanzen Staubsaugen	Handspülen Geschirrspüler	Frühstückstisch decken Tiere versorgen

Dieser Plan beruht auf persönlichen guten Erfahrungen. Je nach dem Alter der Kinder kann eine solche Einteilung auch ganz anders aussehen. Der Mutter verbleiben alle nicht im Plan aufgeführten Arbeiten, wobei selbstverständlich kein Gesetz aus dem Plan werden sollte. Wenn man die hier im konkreten Fall zu Grunde gelegten Arbeiten aus den sechs vorgeschlagenen Aufgabengruppen schätzungsweise zusammenrechnet, ergeben sich rund vier (erwachsene) Stunden ersparte Arbeitszeit für die Mutter, ein ganzer halber Arbeitstag, vier Stunden, in denen sie sich andere, kreative Arbeiten vornehmen kann: vom Schneidern bis zum Sprachenstudium, vom Schwimmen bis zu Arbeiten für einen Fernlehrkurs, zur Fortbildung im erlernten Beruf oder zur Ausbildung zur Meisterin der Hauswirtschaft.

Der Wochenplan kann von den größeren Kindern geschrieben und illustriert werden und wird an gut sichtbarer Stelle aufgehängt. Die Woche ist erfahrungsgemäß eine günstige Zeitspanne, um Übung zu gewinnen, aber auch kurz genug, um Langeweile zu vermeiden.

Beispiele für Arbeiten im Haushalt, die Kinder ab 2½ bis 3 Jahren erlernen und ausführen können:
Wichtig! Buben und Mädchen in gleicher Weise heranziehen!

Haushaltspflege: mit kleinem Besen und Schaufel aufkehren, Teppichkehrmaschine (in Kindergröße) betätigen, Blumen gießen, Staubsaugen mit dem Schlauch, Fensterputzen (kleine Scheiben) mit Spray, Tischdecken und Abservieren mit Teewagen, Abwaschen mit warmem, nicht heißem Wasser und Spülbürste (zuerst nur unzerbrechliche und keine scharfen Gegenstände).

Wäschepflege: Wäsche von niedrigen Ständern abnehmen, sobald die Kraft zum Abklammern ausreicht, Wäsche mit Sprengdose einsprengen, aber nur kleine Stücke. Ab 4 Jahren mit Reise- oder Kinderbügeleisen kleine Teile – Puppensachen, Taschentücher, Servietten – auf niedrig gestelltem Bügelbrett bügeln.

Kochen: Dieses Arbeitsgebiet ist besonders beliebt. Pudding und Soßen „ohne Kochen" mit Schneebesen anrühren und verzieren, Quarkspeisen, süß und salzig, mischen, verzieren. Mandeln schälen und mit Handreibe mahlen. Eier schälen, mit Eischneider in Scheiben schneiden, Salat anmachen. Gemüse und Obst vorbereiten: Äpfel mit Kartoffelschäler schälen und zu Mehlspeisen mit stumpfem Obstmesser schneiden, ebenso Gelberüben, Kohlrabi, Gurken, Kartoffeln.

Backen: kleine Mengen Rührteig, zum Beispiel Quarkölteig rühren, Mürbeteig zu Kleingebäck verarbeiten, ausstechen, Brezeln und Kringel formen, mit Eigelb oder Zuckerguß bestreichen und verzieren. Makronenteig bereiten, Makronen auf Oblaten setzen. Ab 6–8 Jahre: Umgang mit Elektroherd oder -Kochplatte erlernen, Spiegel- und Rühreier bereiten, kleine Pfannkuchen backen, Bratkartoffeln braten. Eiweiß und Schlagsahne mit elektrischem Mixer schlagen. Alle Küchenarbeiten: *nur unter Aufsicht* machen lassen! Viel loben, bei Mißerfolg nur trösten, nicht kritisieren! Auch Erwachsene machen Fehler.

Die Freunde der Kinder einbeziehen! Die eigenen Kinder sind mit doppelter Lust bei der Sache, wenn sie Freunde zu häuslichen Betätigungen wie Kochen und Backen oder zur gemeinsamen Gartenarbeit einladen dürfen. Viele Kinder haben dazu daheim keine Gelegenheit. Außer Haus erwerbstätige Mütter haben wenig Zeit zur Anleitung ihrer Kinder, außer vielleicht am Wochenende; die Notwendigkeit und den großen Gewinn für das Kind sehen viele auch noch nicht ein. Die übertriebene Sauberkeitssucht verhindert bei vielen Hausfrauen die Einbeziehung der kleinen Kinder in das Küchengeschehen. Umso glücklicher sind sie dann in einer Küche, wo sie all das tun dürfen, was ihnen daheim verwehrt wurde. Was für die Küche gilt, gilt auch für den Garten. Für viele Kinder ist Gartenarbeit ein seltenes Vergnügen. Sie sind mit Begeisterung bei der Sache, ihre Freude steckt die eigenen Kinder an. Solche „Arbeitsfeste" sind von besonderem Reiz, wenn nach getaner Arbeit der selbstgekochte oder gebackene Schmaus auf dem Tisch steht oder wenn jedes Kind nach der Beerenernte von der gemeinsam gekochten Marmelade ein kleines Glas mit nach Hause nehmen kann.

Wenn die Tage kürzer werden und im Garten die herbstlichen Aufräum-Arbeiten anstehen, ist wieder Gelegenheit für gemeinsames Tun für die eigenen Kinder und ihre Freunde. Zur Belohnung beschließt dann ein Mahl in der Dämmerung mit Würstchen und Kinderpunsch am flackernden Feuer den Tag.

Das sind Erfahrungen vom einfachen Glück durch Zusammenarbeit, für die auch bei beschränktem Raum und im kleinsten Garten Platz ist. Mit Kindern wird der Alltag zum Fest.

Die Wohngemeinschaft als Schule der Zusammenarbeit

Die Wohngemeinschaft hat sich in den letzten 20 Jahren als eine neue Wohn- und Lebensform junger Erwachsener neu entwickelt, die immer wieder Anlaß zu Diskussionen gibt. Wohngemeinschaften werden meist von Studenten und jungen Berufstätigen beiderlei Geschlechts gegründet, die sich zwar von ihren Elternfamilien gelöst haben, aber doch nicht allein, sondern in einer lebendigen Gemeinschaft leben wollen. Manchmal findet sich auch ein Paar mit Kindern oder eine alleinstehende Mutter unter den drei bis acht oder zehn Mitgliedern einer WG, wie sie kurz genannt werden und auch in den Inseraten von Tageszeitungen auftauchen. Neben dem Wunsch nach Gemeinschaft spielen wirtschaftliche Gründe wie die Schwierigkeit der Wohnungssuche, besonders in Universitätsstädten, und die Aussicht auf Verbilligung der Lebenshaltung eine maßgebende Rolle als Motiv, sich einer WG anzuschließen. Ein paar Freunde, manchmal auch Männer und Frauen getrennt, suchen eine größere Wohnung oder ein Haus zu mieten, bevorzugt etwas außerhalb der Stadt, wo die Mieten billiger sind und womöglich ein Garten zum Aufenthalt und zur Bewirtschaftung zur Verfügung steht. „Alternativ“, das heißt möglichst naturverbunden zu leben gehört bei den meisten WG's zum Programm, wie auch das Streben nach einer möglichst natürlichen Ernährung.

Es spricht nicht gegen die Idee der WG, daß viele nicht lange in der ersten Zusammensetzung zusammenhalten, sie sind keine Dauereinrichtungen. Das liegt vor allem an der Lebensphase, in der sich die meisten Mitglieder befinden, die in der Berufsausbildung stehen, die einmal auch beendet ist. Freigewordene Plätze werden von anderen eingenommen. Menschliche Probleme und politisch-ideologische Gegensätze können eine WG sprengen. Doch sollen diese oft heiklen Fragen hier nicht erörtert werden. Im Zusammenhang mit dem Thema dieses Buches soll in erster Linie von der hier typischen Haushalts-Organisation und von der Verteilung der Hausarbeit auf alle Beteiligten die Rede sein.

Organisation und Arten der Wohngemeinschaften. Voraussetzung für den Eintritt in eine WG ist die Bereitschaft des jungen Menschen, zu einer gerechten Verteilung der finanziellen Lasten des gemeinsamen Haushalts beizutragen und seinen Anteil an den notwendigen Haushaltsarbeiten wie Einkauf, Kochen, Abwaschen und Haushaltsreinigung, unter Umständen an der Gartenarbeit zu übernehmen. Jede WG stellt durch gemeinsame Absprache einen Arbeitsplan auf, der alle notwendigen Arbeiten im Wochenrhythmus auf die Mitglieder verteilt. Dabei gibt es grundsätzlich keinen Unterschied zwischen Männer- und Frauentätigkeiten, die alten Geschlechterrollen sind, was die Hausarbeit betrifft, hier weitgehend überwunden. Freilich bleiben individuelle Unterschiede der Menschen bestehen, die sich aus Anlage und Umwelterfahrungen, beziehungsweise Erziehung im Elternhaus ergeben und es dem einen schwerer, dem anderen leichter machen, sich einer solchen selbstgewählten Ordnung zu fügen. Die Gefahr besteht immer, daß die Hilfsbereiten, Ordentlichen, Schönheitsliebenden und Fleißigen von den Schlampigen und Faulen ausgenützt werden, doch herrscht im allgemeinen ein rauher, aber herzlicher Ton, und wer sich im Alltag nicht bewährt, dem wird das Verlassen der WG nahegelegt.

Neben WG's ohne weltanschaulichen Charakter gibt es solche auf religiöser Grundlage, andere haben deutlich soziale oder therapeutische Ziele. Behinderte junge Leuten leben mit Nichtbehinderten zusammen, die ihnen auf jede Weise helfen, ihr schweres Los zu erleichtern. Ehemalige Drogenabhängige oder Strafentlassene leben und arbeiten mit ihren Betreuern zusammen, wobei die praktische Arbeit in Haus und Garten eine wichtige Rolle in der Therapie spielt.

Die Wohngemeinschaft als Schule der Zusammenarbeit. Aus diesem kurzen Überblick wird deutlich, daß in der Idee und Praxis der WG viel mehr positive Möglichkeiten stecken, als der kritische Normalbürger auf den ersten Blick darin zu sehen vermag. Experimente solcher Art sollten immer wieder unternommen und gefördert werden, weil sie geeignet sind, den Kleinfamilien- und Single-Egoismus abzubauen und neue Modelle für das Zusammenleben, vor allem das von Männern und Frauen,, zu erarbeiten. Eine wichtige Voraussetzung für das reibungslose „Zusammen leben" und „Zusammen arbeiten" ist eine Übereinkunft aller Beteiligten, die einen goldenen Mittelweg zwischen Pedanterie und Schlamperei aufzeigt.

Wenn der Aufenthalt in einer WG für die meisten auch nur eine Zwischenstation auf dem Wege zu individuellem Wohnen und zur Gründung einer Paargemeinschaft sein mag – alle dort gemachten Erfahrungen lohnen sich, die negativen wie die positiven. Vor allem: ehrliche Arbeitsteilung zwischen Mann und Frau – wo könnte man sie besser lernen als in einer gemischten WG? Wer sich dort als guter Arbeitskamerad beziehungsweise als loyale Arbeitskameradin bewährt hat, bringt die besten Voraussetzungen für die Partnerschaft in Ehe und Familie mit. Das kann Beiden manche enttäuschende Erfahrung ersparen, die sonst den Start ins gemeinsame Leben belasten könnte und hat, wie versucht wurde nachzuweisen, weit über den vordergründig-praktischen Bereich Bedeutung für die persönlichen Beziehungen.

Lob des Landlebens. Menschen in der Stadt wissen meist nur wenig von den Sorgen und Freuden der Menschen auf dem Land. Manche Schwierigkeiten, die den jungen Familien in der Stadt zu schaffen machen, sind auf dem Land kaum zu verspüren: die Unsicherheit des Arbeitsplatzes, der Mangel an Wohnraum, hohe Mieten; Umweltverschmutzung und Lärmbelästigung spielen keine Rolle, Mütter brauchen keine Zeit dafür aufzuwenden, um kleine Kinder in gute Luft und auf den Spielplatz zu bringen. Große menschliche Vorteile liegen in der Tatsache, daß der Mann tagsüber nicht völlig unsichtbar für die Seinen ist, sondern vielmehr häufig in seiner Arbeit von den Kindern erlebt wird und die Frau viele Dinge mit ihm gemeinsam tun kann.

Zum besseren Verständnis der bäuerlichen Situation einige Zahlen. 1981 waren im Bundesdurchschnitt rund fünf Prozent aller Erwerbstätigen in der Landwirtschaft beschäftigt, in Bayern sogar fast zehn Prozent. (Zum Vergleich: um 1800 lebten noch 75 Prozent der deutschen Bevölkerung von der Landwirtschaft, 1950 noch 24 Prozent, 1969 9,4 Prozent.)

Die Geburtenzahl pro Ehe betrug 1981 auf dem Land 2,8 Kinder, im Bundesdurchschnitt aller Ehen nur 1,7 Kinder. In 71 Prozent der Bauernfamilien wohnen noch drei Generationen unter einem Dach, Großeltern, Eltern und Kinder. Die Haushalte sind aus diesen Gründen durchwegs größer: sie umfassen durchschnittlich 4,6 Personen, während der Bundesdurchschnitt nur 2,6 Personen je Haushalt beträgt.

Aktuelle Probleme in Bauernfamilien. Ein Blick auf Überschriften in landwirtschaftlichen Wochenzeitungen genügt, um trotz allem Positiven auch aktuelle Probleme der Bauernfamilie zu erkennen. Überschriften wie „Viele Jungbauern finden keine Frau mehr“, „Die in Organisationen tätigen Bauern haben keine Zeit für ihre Familien“, „Beim Kindererziehen läßt er mich allein“, „Überlange Arbeitszeiten für die Bäuerin“ zeigen, daß auch auf dem Land die Veränderung der jungen Frauen durch bessere Ausbildung und größeres Selbstbewußtsein und die Entfremdung der Väter spürbar geworden sind.

Zusammenarbeit von Mann und Frau auf dem Bauernhof. Auf dem Hof gab es von jeher eine etwas ungleiche Arbeitsteilung: alle Arbeit im Haushalt, bei den Kindern und im Garten war normalerweise der Frau vorbehalten, daneben hatte sie je nach Betriebsform und -größe noch einen erheblichen Anteil an der rein landwirtschaftlichen Arbeit – sie wendet noch heute bis zu ⅔ ihrer Arbeitszeit für den Betrieb auf; dadurch sind die Bäuerinnen immer noch zu 37 Prozent an der landwirtschaftlichen Produktion, vor allem im Stall, beteiligt, während sie nur mehr selten aufs Feld gehen.

Tatsache ist also, daß die Bäuerin wie ehedem dem Mann bei seiner Arbeit hilft, aber nur selten Hilfe bei ihren Aufgaben im Haus erhält, selbst wenn das nötig und auch möglich wäre. Das patriarchalische Familienmodell ist auf dem Land noch fester verwurzelt als in der Stadt. Eltern und die öffentliche Meinung des Dorfes spielen noch eine große Rolle und bremsen den Fortschritt, der eindeutig bei mehr Partnerschaftlichkeit gegenüber der Frau liegen würde. So scheut sich manche Bauerntochter mit einer guten Ausbildung, auch außerhalb der Landwirtschaft, unter bestehenden Verhältnissen in einen Hof einzuheiraten. Umso erfreulicher sind die Anzeichen dafür, daß in der jüngeren Generation der gut ausgebildeten Landwirte ganz neue Gedankengänge wirksam geworden sind. Eine Umfrage unter ehemaligen Teilnehmern von Lehrgängen einer ländlichen Bildungsstätte ergab 1983 dafür interessante und hoffnungsvolle Beweise. Es handelt sich dabei um jüngere Ehepaare, bei denen großenteils beide Partner die Meisterprüfung abgelegt haben, die Männer in der Landwirtschaft, die Frauen in der ländlichen Hauswirtschaft. Die Frauen hatten vorher zum Teil schon eine andere, städtische Ausbildung abgeschlossen (Kinderpflegerin, Arzthelferin, Kontoristin, Damenschneiderin). Die Fragen bezogen sich:

1. Auf die Arbeitsteilung von Mann und Frau in der Säuglingspflege und Kinderbetreuung. So schreibt eine Bäuerin, drei Kinder, geboren 1978, 80 und 82: „Ich glaube, daß mein Mann und ich fast gleich am Aufziehen der Kinder beteiligt sind. Unsere Jüngste (3 Monate) versorge ich natürlich jetzt mehr. Ich bin zwar mit den Kindern zeitmäßig mehr zusammen, aber mein Mann gleicht das aus, indem er sich dann richtig mit ihnen befaßt, mit ihnen Zeitschriften und Bücher anschaut, malt, baut oder repariert. Er kann besser spielen als ich. Es ist schön, wenn man alles gemeinsam macht – das gilt auch für die Säuglingspflege und die Beschäftigung mit den Kindern. Wir versuchen die Vorteile eines Bauernhofes zu nutzen, indem wir uns während der Arbeit Zeit nehmen, die Kinder mithelfen zu lassen, ob sie mit mir beim ‚Garteln' oder beim Brotbacken oder Wäschelegen beisammen sind oder draußen mit dem Vater bei der Holzarbeit oder beim Ernten".

Der Bericht einer Landfrau, ein Kind, 15 Monate: „Mein Mann kümmert sich sehr viel um unseren Sohn, er wickelt ihn und zieht ihn an, vor allem abends nimmt er sich viel Zeit für ihn, oder wenn er gerade mehr Zeit hat als ich. Er steht auch nachts auf, wenn unser Kleiner weint, vor allem auch wegen meiner derzeitigen Schwangerschaft. Ich finde unsere Lebensweise sehr gut, weil ich mich nicht allein gelassen sehe in der Kinderbetreuung. Seit November benötige ich auch Zeit zur Vorbereitung auf die Meisterprüfung, da ist eine Entlastung doppelt notwendig. Ich finde, der Mann sollte ganz bewußt an der Säuglingspflege beteiligt sein, das vertieft auch seine Beziehung zum Kind. Ich hoffe, daß es auch bei unserem zweiten Kind so gut läuft.

Unsere beiden Eltern können unsere Partnerschaft nicht ganz verstehen, es ist ihnen neu, daß ein Mann typische Frauenarbeit übernimmt. Viele unserer Freunde praktizieren Partnerschaft ebenso wie wir."

2. Zur Frage der Beteiligung des Mannes an der Hausarbeit. Ein Bauer schreibt (zugleich für mehrere andere): „Ich bin immer gern bereit, wenn es mir zeitlich möglich ist, meiner Frau bei der Hausarbeit zu helfen. Je schneller diese verrichtet ist, desto früher hat sie wieder Zeit für mich". Eine Bäuerin: „In Notfällen, zum Beispiel wenn ich krank bin, macht mein Mann die ganze Hausarbeit (er hat es schon bewiesen). Abends hilft er den Tisch abräumen, oder er verwöhnt mich einfach, indem er das Abendessen zubereitet. Bei einer gegenseitigen Partnerschaft hilft gerne einer dem andern."

Um kein zu optimistisches Bild zu zeichnen und einen Beitrag zum Bruder-Schwester-Problem aus dem ländlichen Bereich zu liefern, sei der Brief einer noch unverheirateten Bauerntochter, der einzigen Schwester von fünf Brüdern, zitiert: „Mir sind die häuslichen Arbeiten vorbehalten: Abspülen, Tisch abräumen, Bügeln – meine Brüder lassen ihre Tassen auf dem Tisch stehen und gehen mit leeren Händen an der Spüle vorbei. Meine Mutter bestärkt meine Brüder in dem Glauben, daß die Arbeit ‚draußen', im Stall und in der Außenwirtschaft, etwas besseres sei als die Hausarbeit; so kennen und schätzen die Brüder den Wert der häuslichen Arbeit nicht – oder sie gestehen es sich nicht ein, um für alle Zeiten davon verschont zu bleiben. Damit habe ich mich immer noch nicht abgefunden. Wenn ich die Hemden von meinen sechs Herren bügle, während sie vor dem Fernseher sitzen, ‚so ist das doch keine Arbeit!'

Wenn ich später Kinder habe, werde ich Wert darauf legen, daß sie, ob Bub oder Mädel, einmal in alle Bereiche in Haus und Hof hineinwachsen. Mein Freund hat gottseidank eine andere Einstellung als meine Brüder. Zurückzuführen ist dies vermutlich auf den Umstand, daß seine Mutter vor neun Jahren starb. So teilen sich die beiden Brüder schon viele Jahre in die Hausarbeit." Hier ist anzumerken, daß es sich bei der Schreiberin um eine geprüfte Kinderpflegerin und Meisterin der ländlichen Hauswirtschaft handelt.

Unterschiede zwischen Stadt und Land in bezug auf die Zusammenarbeit im Haushalt. In den zahlreichen Landhaushalten, in denen Großeltern mitleben und -arbeiten (71 Prozent), sowie im Ausbildungsbetrieb mit Haushaltslehrlingen, stellt sich das Problem der Bewältigung der Hausarbeit ganz anders dar, als in der städtischen Kleinfamilie. Auf dem Hof kommt es vor allem auf die Kunst des friedlichen Auskommens der jüngeren mit der älteren Hausfrau an, das, wie aus den Berichten zu entnehmen ist, häufig gut gelingt. Bei der Lehrlingsausbildung ist (wie bei städtischen Haushaltslehrlingen) die fachliche und die pädagogische Aufgabe auf das engste miteinander verbunden. Eine wichtige Aufgabe wird in der Anleitung der größeren Kinder gesehen, wie eine Bäuerin schreibt, die nach sieben Jahren der Tätigkeit als Damenschneiderin durch ihre Heirat wieder auf einen Hof zurückkehrte. Die Kinder sind neun, 14 und 17 Jahre alt: „Unsere Kinder wurden von früher Kindheit an mit kleinen Arbeiten vertraut gemacht. Auch heute noch springen unsere größeren Kinder ein, wenn es nottut, sei es, um Urlaubsvertretung für uns zu machen oder bei anderen Gelegenheiten. Das schadet weder den Anforderungen der Schule noch der Gesundheit und so meine ich, schätzen sie auch die Arbeit der Eltern und werden zu brauchbaren Menschen erzogen. Nicht umsonst sind Kinder aus der Landwirtschaft beliebter als Lehrlinge als andere. Aus diesem Grunde nehme ich momentan keinen Lehrling für meinen Haushalt, da ich meine, das könnte der Bereitschaft zur Mithilfe meiner eigenen, schon fast großen Kinder nicht guttun.

Bei den größeren Kindern ist es wichtiger denn je, daß der Vater sich mit ihnen beschäftigt. Und ich meine, es ist ganz wichtig, daß der Vater, wie es bei uns der Fall ist, mit zu den Elternsprechstunden der Schule geht.

Nach der Umstellung unseres Betriebes (Abschaffung des Milchviehs) sind wir wieder Menschen, die füreinander und für die Kinder ausreichend Zeit haben. Mein Mann und ich sind als Bauer beziehungsweise als Bäuerin sehr zufrieden und wenn wir mit unseren Kindern darauf zu sprechen kommen, wer den Hof einmal übernimmt, so will ihn jeder von den drei Kindern, auch die Tochter, obwohl die beiden älteren eine höhere Schule besuchen. Ich meine, das zeigt, daß unsere Kinder sehen, daß es ihren Eltern nicht schlecht geht."

Das einfache Glück des Alltags – im Seniorenstand

Trotz aller düsterer Voraussagen über die Zerbrechlichkeit der Institution „Ehe" gibt es immer noch genug Partnerschaften, die bis ins hohe Alter zusammenhalten, die wirklich erst „der Tod scheidet". Jede Phase des gemeinsamen Lebens bringt ihre eigenen Probleme mit sich, nicht etwa nur solche persönlicher, sondern auch organisatorischer Art. So erfordert die Zeit nach dem Eintritt ins Rentenalter für beide Partner eine neue Ordnung des äußeren Zusammenlebens, damit all' die Glück-Wünsche für einen „sonnigen Lebensabend" bei Erreichung des 65. Lebensjahres oder späterer runder Geburtstage in Erfüllung gehen können.

Glück zu zweit im Ruhestand – keine Selbstverständlichkeit
Wenn man aufmerksamer Zeuge von Gesprächen älterer Menschen aus allen Schichten der Bevölkerung ist, so sind Äußerungen einer gewissen Sorge, besonders von seiten der Frauen, über die Zeit der Pensionierung oft unüberhörbar: „Mir ist jetzt schon Angst vor der Zeit, wenn mein Mann in Rente geht und den ganzen Tag zuhause sein wird." Je früher dieser Termin aus Gründen der wirtschaftlichen Entwicklung eintritt, desto schwieriger ist für viele die Umstellung. Dabei ergeben sich je nach den besonderen Umständen verschiedene Probleme, die durch mehr Gemeinsamkeit bei der Bewältigung des Alltags gelöst werden könnten. Hierfür einige Beispiele:

1. Möglichkeit: Wenn, wie es häufig der Fall ist, ein größerer Altersunterschied zwischen den Partnern besteht, ist die Frau oft noch außer Haus eingespannt in ihrem eigenen Beruf, im Ehrenamt oder bei der Betreuung von Enkelkindern. Der Mann aber wird durch das Ausscheiden aus dem Beruf plötzlich seines Wirkungskreises beraubt. Für manche ergibt sich dadurch die Gefahr, einen „Pensionierungsschock" zu erleiden, das heißt, sein seelisches Gleichgewicht zu verlieren, was auch körperliche Folgen nach sich ziehen kann. Nicht alle Männer haben Interessen oder Hobbies gepflegt, denen sie jetzt endlich mehr Zeit widmen können. Glücklich, wer einen Garten besitzt, in dem die freien Stunden erfreulich genutzt werden. In der Stockwerkswohnung steht zunächst die Haushaltsarbeit als Betätigungsfeld zur Verfügung.

Wenn die Partner bisher schon Zusammenarbeit praktiziert haben, ist keine besondere Umstellung nötig; der Mann kann mehr Aufgaben übernehmen, er kann vielleicht das Kochen als Hobby weiterentwickeln und zu diesem Ziel auch allein oder mit seiner Frau Abendkochkurse besuchen. Die jahrzehntelange Übung, daß die Frau trotz außerhäuslichen Verpflichtungen die Hauptverantwortung für den Haushalt trägt, kann nun umgekehrt werden, was dem Mann Spaß machen und der Frau die in vorgerückten Jahren ohnehin mühsamere Doppelbelastung wesentlich erleichtern kann. Die gemeinsame Freizeit wird verlängert, genau so wie das in der kinderlosen Phase der Fall ist.

2. Möglichkeit: Die Frau ist zum Zeitpunkt der Pensionierung ihres Mannes selbst Rentnerin oder Hausfrau, beide sind also von außerhäuslichen Verpflichtungen frei. In solchen Fällen haben sich schon große persönliche Schwierigkeiten ergeben, besonders, wenn die Teilung der Hausarbeit bisher nicht geübt wurde. Oftmals bekommt der noch rüstige Mann jetzt erstmals Lust, sich im Haushalt zu betätigen. Die Hausfrau erlebt ihn bei dieser plötzlich auftretenden Aktivität oftmals wie einen Eindringling in ihr ureigenstes Revier, besonders in der Küche, und reagiert entsprechend unwillig. So kann anstelle von harmonischer Zusammenarbeit, ein ständiges Hick-Hack beginnen, denn der Mann läßt sich mit Recht nicht so leicht aus einer Küche vertreiben, die doch auch die seine ist. So kann eine echte Konkurrenzsituation entstehen, die sich unter anderem auf die Arbeitsmethoden, auf die Einteilung von Schränken und selbst auf die Sauberkeit bezieht. Selten sind auch zwei Menschen gleich ordentlich und oft hat auch der eine noch schärfere Augen als der andere ...

Es ist schon viel gewonnen, wenn ältere Partner das Problem rechtzeitig sehen und offen diskutieren. Der beste Weg ist und bleibt die möglichst frühzeitige „Einübung in Partnerschaft" bei der Hausarbeit und zwar in einem Alter, wo beide noch jung und beweglich genug dafür sind. Es ist aber nie zu spät, in der Altersphase erstmals mit der Arbeitsteilung zu beginnen. Das erfordert eine gewisse Anlaufzeit, während der die Frau ihrem Mann die bisherige Erledigung aller Arbeiten erklärt, ihm dann aber die Freiheit läßt, manches anders zu machen als sie es gewohnt war. Eine gewisse Teilung der Arbeitsgebiete hat sich gut bewährt. Hier erweist sich die *Ausstattung des Haushalts mit Maschinen* als gerade für diesen Lebensabschnitt als besonders hilfreich und keineswegs als Luxus, besonders weil sie viel Kraft sparen und weil sie dem technischen Interesse des Mannes besonders entsprechen. Es wird zum Beispiel die Anschaffung einer *Geschirrspülmaschine* häufig nur für den größeren Haushalt ab vier Personen empfohlen. Für die Arbeitsteilung im Zweipersonenhaushalt ist aber gerade dieses technische Hilfsmittel sehr nützlich, wenn zum Beispiel der Mann ihre Beschickung wie das Ausräumen regelmäßig übernimmt. Freilich benötigt man mehr Geschirr und Besteck, weil die Maschine meist nur 2–3 Mal in der Woche läuft. Doch ist der Rationalisierungseffekt so groß, daß sich die Mehrausgabe lohnt, ebenso lohnt es, den Kaltspülgang täglich einzuschalten, um Geruchsbildung zu vermeiden.

Es gibt immer noch Männer, von denen ihre Frauen berichten, sie hätten keine Ahnung von der Bedienung der *Waschmaschine,* die praktisch in alle Haushalte Einzug gehalten hat. Im Ruhestand ist Zeit dafür, diese einfache Kunst zu erlernen. Schwieriger ist die Erkennung der verschiedenen Gewebe und Pflegesymbole in Textilien, um das Ausfärben oder sonstige Schäden bei der Wäsche zu vermeiden. Notwendig ist hier, wie bei aller häuslichen Zusammenarbeit, daß die Frau vom hohen Roß ihrer alleinigen Kompetenz in Haushaltsdingen herabsteigt und spätestens in der Seniorenphase die nötigen Informationen an ihren Mann weitergibt.

Ein zweites Maschinen-Beispiel: Bügeln zu zweit. Beim Handbügeln und besonders dann, wenn glatte Wäschestücke mit einer Bügelmaschine geglättet werden, erweist sich die Zusammenarbeit von Mann und Frau als besonders hilfreich und zugleich stromsparend. Beim Maschinenbügeln wird im Sitzen gearbeitet, das anstrengende Stehen entfällt. Während der eine bügelt, nimmt der Partner die fertigen Stücke ab und legt sie zusammen. Die Anschaffung eines Heimbüglers kann daher gerade für den Haushalt zweier älterer Menschen durchaus sinnvoll sein.

Neue Freiheit für die ältere Frau. Es ist ein weitverbreiteter Irrtum zu glauben, ein Zweipersonenhaushalt mache kaum Arbeit. Der Einkauf muß besorgt, jede Mahlzeit sorgfältig zubereitet werden, und das erfordert für zwei Personen fast ebenso viele Handgriffe, als wenn drei oder mehr am Tisch säßen. Wenn sich zwei Partner in die Arbeit teilen, so verbleibt auch der Frau mehr Zeit für ihre oft lange vernachlässigten Hobbies: das Spielen eines Instruments, Handarbeiten, Lesen, Malerei oder Sprachstudien – die letzteren werden in Seniorenkursen der Erwachsenenbildung angeboten.

Es ist ein ganz ungewohntes Glücksgefühl, als Frau bei einer Beschäftigung ruhig sitzen bleiben zu können, während „er" draußen in der Küche eine Mahlzeit vorbereitet oder deren unvermeidliches Nachspiel bewältigt. Das Klappern des Geschirrs ist Musik in ihren Ohren und entschädigt für viele mühsame Jahre. Unnötig zu betonen, daß auch der Mann im Miterleben der Entspannung und inneren Bereicherung seiner Frau seinen Anteil am Glück in dieser ihrer neuen Lebensphase hat.

In kranken Tagen ... Alter und Krankheit müssen nicht zusammengehören, doch muß man mit den Jahren mit kürzerer oder längerer Pflegebedürftigkeit beider Partner rechnen. Wenn beide gleich gut im Haushalt eingearbeitet sind, ist es für den jeweiligen Patienten beruhigend zu wissen, daß die nötigste Alltagsarbeit getan wird. Ganz besonders gilt dies für die Frau als Patientin, sie wird viel ruhiger alles für ihre Wiederherstellung Notwendige tun, wenn ihr Mann sich selbst und auch sie im Notfall allein versorgen kann. Ein solches Paar kann auch noch im höheren Alter viel länger unabhängig vom Altersheim oder anderen Kollektiveinrichtungen in der eigenen Wohnung verbleiben, so wie sich das sehr viele Senioren wünschen.

Partnerschaft im Alter, so gelebt, ist eine ganz besonders würdige Form das gemeinsame Leben zu gestalten und auf diese Weise den Fortbestand einer guten menschlichen Beziehung wie dem Paar auch weitgehende Unabhängigkeit von fremder Hilfe zu sichern.

Widerstände und Hemmnisse gegen die Zusammenarbeit in der Familie

Wer sich um die Einführung neuer Verhaltensweisen bemüht, muß nicht nur von der Richtigkeit und Wichtigkeit seines Vorhabens überzeugt sein, sondern auch die Widerstände und Hemmnisse kennen, die sich gegen das Neue stellen und die es zu überwinden gilt. So auch bei dem Anliegen dieses Buches und derjenigen, die in der Öffentlichkeit seit Jahren davon reden oder schreiben, wie dringlich die Befreiung der Familienfrau vom Alleingang im Haushalt wäre, wie positiv sich Team-Geist in der Familie auswirken würde. Darin besteht Übereinstimmung über alle Parteien und Richtungen hinweg, ohne daß diese Einigkeit bisher eine echte Bewegung in der richtigen Richtung in Gang gesetzt hätte. Es ist daher sicher nützlich, sich einige der wichtigsten, weitverbreiteten Widerstände bewußt zu machen.

Widerstände von seiten der Männer. Auf Grund der eigenen Erziehung, einer oftmals erfahrenen Verwöhnung durch die Mutter, auch durch die immer häufigere Einzelkind- oder Einzige-Sohn-Situation und das mangelnde Vorbild des Vaters, fällt es vielen Männern schwer, sich als erwachsene Partner auf Hilfsbereitschaft umzustellen. Lediglich Arbeiten, die mit den eigenen Interessen und Wünschen zusammenhängen wie Autopflege, Getränketransporte und ausgesprochene Schwerarbeiten machen hier eine Ausnahme, technische Reparaturen werden ebenfalls übernommen. Im Haushalt mit Hand anzulegen wird jedoch abgelehnt, die verhältnismäßig reichliche verbleibende Freizeit beanspruchen viele Männer ausschließlich für sich selbst, für Fernsehen, für Vereine, Hobbies, Ausgehen und Sportplatzbesuche, – der Frau bleibt nichts anderes übrig als sich darein zu schicken, will sie Frieden im Hause haben.

Was die Beschäftigung mit Kindern betrifft, so gibt es immer noch viele Männer, die sämtliche Hantierungen bei kleinen Kindern grundsätzlich als unmännlich ablehnen, sich auch über Männer lustig machen, die Kinder wickeln, baden und füttern, und so die öffentliche Meinung gegen Fortschritte auf dem Gebiet des „väterlichen Mannes" negativ beeinflussen.

Widerstände und Hemmnisse, die zum großen Teil in der Art des Berufes und in echtem Zeitmangel begründet sind, finden sich bei Männern, die oft die ganze Woche unterwegs sind, bei Schichtarbeitern wie auch bei Freiberuflichen mit unregelmäßiger und überlanger Arbeitszeit. Zu der letztgenannten Gruppe gehören auch Politiker aller Grade. Eine bezeichnende öffentliche Äußerung eines Vertreters der letztgenannten Berufsgruppe sei hier zitiert, weil sie die weitklaffende Lücke zwischen dem Lippenbekenntnis zur gleichberechtigten Emanzipation der Frau und der alltäglichen männlichen Praxis aufzeigt: Unter der Überschrift „Nora und Heimchen (am Herd)" wurde mit Namensnennung in der „Süddeutschen Zeitung" folgende Bilanz eines schwäbischen sozialdemokratischen Stadtrats über seine „zehnjährige Erfahrung mit der Partei in bezug auf die soziale und private Beziehung zur Frau" veröffentlicht. Darin stellt er fest, daß der Politiker *sich zuhause zwangsweise eine unemanzipierte Frau halte,* da er sonst den Ansprüchen seiner Partei und seinen eigenen nicht nachkommen könne. Die „mündige Frau" des SPD-Programms käme für den Politiker einem Unglück gleich. Der Stadtrat faßt zusammen: „Die Frau eines Genossen muß das Gegenteil von dem sein, was er politisch vertritt" (SZ 46, 80)

Fazit der Widerstände der Männer: Verhaltensänderungen, besonders solche, welche die Geschlechterrollen betreffen, vollziehen sich langsam; bei dem hier angestrebten Entwicklungsprozeß ist zunächst bedeutsam, daß er überhaupt in Gang kommt. Bei der Änderung der Rollen von Mann und Frau in der Familie kommt es darauf an, das in jedem Fall Mögliche und zugleich Wichtigste zu tun, sich nämlich um eine Änderung der Einstellung des Mannes gegenüber der Frau als Person und gegenüber ihrer Hausfrauentätigkeit zu bemühen. Über allen anderen Belangen aber steht das Wachsen der guten, persönlichen Beziehung und Bindung zwischen den Partnern. Aus einer solchen Einstellung heraus wird es auch bei großer beruflicher Beanspruchung des Mannes – nicht nur am Muttertag – an freien Tagen oder im Urlaub Gelegenheit zu symbolischen Handlungen geben. Im normalen Tageslauf eines Berufstätigen mit regelmäßiger Arbeitszeit ist dies leichter und wird darum, wie die Beschäftigung mit den Kindern, bald selbstverständlich werden.

Widerstände von seiten der Frauen: Bei Frauen spielen Eindrücke aus der frühen Kindheit ebenfalls eine wichtige Rolle, wenn es um die partnerschaftliche Teilung häuslicher Aufgaben geht. Vom Beispiel des Vaters der Frau und vom Umgang der Eltern miteinander war bereits die Rede. Außerdem ist es von ausschlaggebender Bedeutung, ob die Frau einen Beruf ausgeübt hat oder ausübt, der ihr Bestätigung und Selbstbewußtsein gab oder gibt, oder ob sie in der Hausfrauenrolle ihren einzigen und wichtigsten Lebensinhalt sieht. Im letzteren Fall kann es vorkommen, daß sie alles tut, um ihre Unersetzlichkeit zu beweisen und alle Eingriffe in ihre alleinige Kompetenz in Haushaltsdingen ablehnt. Je hilfloser und abhängiger der Mann sich in häuslichen Dingen anstellt, desto unentbehrlicher kann sie sich fühlen, oder sie hofft in einer unsicheren Beziehung den Mann durch Verwöhnung fester an sich zu binden. Das Gleiche gilt in der Beziehung zu Kindern.

Bei anderen Frauen spielt die geringe Einschätzung, die sie selbst von ihrer Hausfrauentätigkeit haben, eine fatale Rolle. Darum möchten sie ihren Mann nicht bei der Ausübung „niedriger Dienste“ sehen und merken gar nicht, wie sehr sie durch eine solche Beurteilung der Hausarbeit sich selbst herabsetzen.

Verwöhnung des Mannes und der Kinder bedeutet nicht echte Liebe, die immer die bestmögliche Entwicklung des geliebten Menschen anstrebt. Verwöhnung des Mannes bedeutet Verhinderung seiner Emanzipation, die vor allem als Befreiung von alten Vorurteilen zu verstehen ist. Verwöhnung der Kinder hat zur Folge, daß sie keine partnerschaftliche Haltung entwickeln, die von ihnen als künftigen Männern und Frauen noch mehr als schon heute gefordert werden wird.

Frauen der älteren Generation können unter Umständen einen unheilvollen Einfluß gegen die Entfaltung partnerschaftlicher Zusammenarbeit ausüben, wenn sie ihr eigenes Leben noch ganz nach patriarchalischem Muster gelebt haben. Solchen Einfluß nimmt häufig die Mutter des Mannes, wenn dieser ganz freiwillig, aus Überzeugung, seinen Anteil an Haushalt und Kinderpflege übernimmt, was sie als Überforderung ihres Sohnes mißbilligt. Umgekehrt sind die Mütter junger Frauen geneigt, ihre Töchter vor solchen neumodischen Tendenzen zu warnen, die nach ihrer Meinung eine Gefahr für die Ehe bedeuten könnten – was bei wirklicher Überforderung auch sicher der Fall sein kann.

Mit dem Stichwort „Überforderung" wird zugleich *das Fazit* der Widerstände von seiten der Frauen gezogen: Weder *Unterforderung* noch *Überforderung* ist richtig; „Forderungen" sind hier überhaupt nicht angebracht, Lösungen sollten für jeden einzelnen Fall durch freiwillige Übereinkunft der Partner gefunden werden.

Widerstände der Kinder und Jugendlichen: Widerstände von Kindern gegen die Mitarbeit im Familienteam sind im wesentlichen alters- und entwicklungsbedingt. Wartet man zu lange, versäumt man die frühe Periode der natürlichen Lust zur nachahmenden Mithilfe auszunützen, so ist später häufig Verweigerung die Quittung für solches erzieherische Versäumnis. Der Grund liegt in der leib-seelischen Entwicklung des Kindes. Mit dem Einsetzen der Vorpubertät mit ca. neun Jahren bahnt sich der natürliche Autoritätsverlust der Eltern, hier besonders der Mutter an. Sie ist diejenige, die in Haushaltsdingen Forderungen und Belehrungen an die Kinder heranbringt – bloß wollen die Mütter diesen Autoritätsverlust oft nicht wahrhaben, weil er sich selten in Worten äußert.

Mitarbeit im Haushalt bringt wiederholte Ermahnungen mit sich, auch Mißerfolgs-Erlebnisse wie Zerbrechen von Geschirr, Verletzungen mit Arbeitsgeräten, Anbrennen, Überlaufen beim Kochen – solche Erfahrungen werden von älteren Schulkindern als Anfängern nicht gut verkraftet. Beginnt man mit der Einführung in die Hausarbeit zur richtigen Zeit, im Vorschulalter, so ist das Schulkind dann schon so geschickt, daß die positiven Erlebnisse überwiegen. Mitarbeit sollte zu einigermaßen sicherem Erfolg führen, soll Lob einbringen, auch von Gästen, wenn der selbstgebackene Kuchen, der köstliche Salat oder die schön verzierte Nachspeise auf dem Tisch stehen: „das hat unser(e) ... selbst gemacht!"

Lebenslanger Widerstand gegen bestimmte Arbeiten, zum Beispiel gegen die doch so befriedigende Gartenarbeit, aber auch gegen Hausarbeit können durch die Verordnung solcher Tätigkeiten als *Strafe,* die Folge sein. Es liegt auf der Hand, daß solches Elternverhalten als schwerer Erziehungsfehler zu betrachten ist.

Im Schulalter erlangen Freundschaften für Kinder große Bedeutung, auch die Eltern des Freundes oder der Freundin erhalten Vorbildcharakter. Ob der Freund zuhause mithilft oder nicht, spielt dann für das Kind eine positive oder negative, jedenfalls sehr verhaltensbestimmende Rolle.

Bei Kindern, die Schwierigkeiten mit dem Lernen haben, kann es vorkommen, daß für häusliche Betätigung wirklich wenig Zeit bleibt, das Gleiche gilt für höhere Klassen mit großen Anforderungen an die Schüler. Zudem gibt übertriebenes Gerede vom „Schulstreß" auch guten Schülern billige Argumente an die Hand, sich gegen jede Mithilfe im Haushalt zu wehren. Diesem Widerstand sollte weder mit Zwang noch mit Nachgiebigkeit, sondern mit weiser Dosierung begegnet werden. Das Ziel der „Einübung in partnerschaftliche Zusammenarbeit" sollte man nie aus den Augen verlieren. Während der Schulmonate kann mit der Anregung weniger, den Interessen des Kindes entsprechender Arbeiten wie Bedienung von Maschinen (Waschmaschine, Geschirrspüler, Mixer), gelegentlichem einfachen Kochen und Backen und selbstverständlich des Sauberhaltens des eigenen Reiches ein Minimum von Training aufrechterhalten werden.

Widerstände, die von außen in die Familie hineinwirken: Ein alltägliches Beispiel: *das Fernsehen.*

Bisher wurden die Möglichkeiten aufgezeigt, durch mehr Zusammenarbeit in den vier Wänden ein neues, besseres Familienklima und damit neue Begegnungs- und Gesprächsmöglichkeiten zwischen Mann und Frau, zwischen Eltern und Kindern zu schaffen.

Leserinnen und Leser sind diesen Gedankengängen vielleicht ganz wohlwollend gefolgt, sie haben sich vielleicht auch entschlossen, die geschilderten Widerstände in sich selbst und auch die aus der Umwelt kommenden zu überwinden. Wenn sie sich aber ganz konkret den Ablauf ihrer Feierabendstunden an Wochentagen und die der Wochenenden vergegenwärtigen, müssen die meisten von ihnen – oder doch sehr viele – wohl oder übel wahrheitsgemäß feststellen: unsere freie Zeit ist derart mit Fernsehen ausgefüllt, ja terminiert durch bestimmte Programme wie Nachrichten, Sportschauen, Serien, Kinderstunden usw., daß wir uns gewaltig umstellen müßten, um eine Zusammenarbeit wie hier vorgeschlagen schon allein zeitlich zu verwirklichen.

Dem ist nicht viel hinzuzufügen, weil es ein getreues Bild der Familienwirklichkeit in den Industrieländern, nicht nur in der Bundesrepublik, zeichnet. Es ist nicht übertrieben, wenn gesagt wird, daß die Zusammenarbeit der Familie in erster Linie gegen den mächtigen Einfluß der „Droge Fernsehen" durchgesetzt werden muß. Dies wäre ein Grund mehr, um den Fernsehkonsum einzuschränken, der schon jetzt zu einer echten „Sucht" geworden ist, und zwar für Erwachsene und für Kinder und Heranwachsende jeden Alters. Es ist Zeit für wirkliche Notmaßnahmen der Selbsthilfe, denn die Not, die durch die Fernsehsucht eingetreten ist, gibt zu großer Sorge Anlaß.

Trotz aller Anerkennung der Vorteile, die das Medium Fernsehen bringt – für Familien überwiegen die Gefahren und man kann dem Anwachsen der Programme durch Kabelfernsehen von dieser Warte aus nur mit Besorgnis entgegensehen. Das aufsehenerregende Buch von Marie Winn „Die Droge im Wohnzimmer" mit der Aufforderung „Abschalten!" als Untertitel schildert an Hand exakter Untersuchungen die gefährlichen Wirkungen des Mediums an sich, ganz abgesehen vom Inhalt, vor allem auf die Entwicklung von Aktivität, Kreativität und Spielfreudigkeit von Kindern, auf die Partnerschaftsbeziehungen und auf das körperliche Befinden der viele Stunden gebannt und bewegungslos auf den Bildschirm starrenden, dabei noch besonderes „Fernsehgebäck“ knabbernden Zeitgenossen.

Am Beispiel Fernsehen wird einmal mehr klar, daß heute eine Ehe leben und Kinder aufzuziehen die Fähigkeit erfordert, immer wieder gegen den Strom der Zeit zu schwimmen, sich freiwillig Einschränkungen aufzuerlegen und sich vor allem nicht durch das „man tut“ der anderen manipulieren zu lassen. Diese Entscheidungen kann einem niemand abnehmen.

Ausblick in eine undurchsichtige Zukunft

Seitdem dieses Buch begonnen und vollendet wurde, haben sich die wirtschaftlichen und politischen Lebensbedingungen in der Bundesrepublik Deutschland verändert. Auch in der geistig-weltanschaulichen Landschaft bahnen sich Veränderungen an. Das eingangs erwähnte Knistern im Gebälk der Wirtschaft ist nach wie vor unüberhörbar.

Die wirtschaftliche Zukunft nicht nur der Bundesrepublik, sondern auch anderer westlicher Industrieländer ist undurchsichtig geworden. Firmenzusammenbrüche sind an der Tagesordnung, der Arbeitsmarkt zeigt ein unausgewogenes Gesicht: während Facharbeiterstellen nicht besetzt werden können, nimmt die Arbeitslosenzahl zu. So zeichnet sich eine Entwicklung ab, die es für die nahe und fernere Zukunft unwahrscheinlich macht, daß jede Familienfrau, die dies wünscht, einen vollen oder Teilzeitarbeitsplatz finden kann.

In diesem Buch werden keinerlei parteipolitische Standorte bezogen, sondern allein die Interessen der Familien, besondern die der Kinder, und die Gleichwertigkeit der Tätigkeit einer Frau im außerhäuslichen Beruf wie innerhalb der Familie vertreten. Im Sinne dieser neutralen Position sollen hier Äußerungen erwähnt werden, die im Sommer 1982 in einer Entschließung der Frauenkonferenz der IG Metall veröffentlicht wurden. Darin wird jede Besinnung der Mütter auf ihre verantwortungsvolle Aufgabe an den kleinen Kindern von vorneherein negativ beurteilt und eine zeitweilige Beschränkung der Frau auf die Familie als beklagenswerte Folge von arbeitnehmerfeindlichen Beschlüssen der Unternehmer dargestellt: „Den reaktionären Kräften geht es bei der Beschwörung einer ‚neuen Mütterlichkeit' ausschließlich darum, die überdurchschnittlich vielen arbeitslosen Frauen mit ihrer sozialen Außenseiterrolle durch die Beschränkung auf Hausarbeit und Erziehung zu versöhnen. Die Unternehmer können dadurch die Frauen als industrielle Reserve-Armee und je nach Konjunktur als Lohndrücker mißbrauchen."

Diese Ansichten werden von den gleichen Kreisen vertreten, die seit langem auch die Verächtlichmachung der Mutter- und Hausfrauenrolle betreiben und allein das Leitbild der lebenslang erwerbstätigen Frau gelten lassen. Falsche Behauptungen – so wurde an anderer Stelle schon erwähnt – werden dadurch nicht wahrer, daß sie, wie die von „den Müttern als industrieller Reserve-Armee im Dienste der Unternehmer" seit Jahrzehnten ständig wiederholt werden. Wie gerne sind die Frauen dem Ruf zum Zuverdienen gefolgt, wieviel Anteil haben sie dadurch an der Erhöhung des Lebensstandards der Familie genommen! Man kann nicht die Spielregeln der Marktwirtschaft theoretisch anerkennen – wie es der DGB sicher tut –, sie dann aber als Unternehmerwillkür anprangern, wenn die Nachfrage nachläßt. Vor allem ist es verantwortungslos, mit allen Mitteln der Propaganda den Frauen die Betätigung im Haushalt bei ihren Kindern als ein verachtetes Abstellgleis zu schildern und dadurch ihre Zufriedenheit in Frage zu stellen.

Zufriedenheit aber ist Voraussetzung für ein erfolgreiches Wirken als Mutter und für das persönliche Glück des Einzelnen in der großen Zahl von Familien, wo die wirtschaftliche Existenz – wenn auch vielleicht in Zukunft in bescheidenerem Stil – durch den Verdienst des Mannes gesichert ist oder durch freien Mitverdienst der Frau aufgebessert werden könnte. Das Recht der alleinstehenden und der alleinerziehenden Frau auf Arbeit steht auf einem anderen Blatt.

Eine besondere Rolle in bezug auf die künftige Situation des Arbeitsmarktes für Frauen spielen die Fortschritte der Mikroelektronik. Seit vielen Jahren wird immer wieder darauf hingewiesen, daß durch Mikroprozessoren vorwiegend Frauen-Arbeitsplätze „eingespart“ werden können. In dem aufsehenerregenden Bericht „Auf Gedeih oder Verderb“* werden als Hauptbetroffene vom Vormarsch der Mikroprozessoren mehrfach die Frauen erwähnt. Der Deutsche Gewerkschaftsbund gab im Sommer 1982 öffentlich bekannt, daß bis 1985 unter anderen durch die zunehmende Einführung der Mikroelektronik ein Arbeitslosenheer von drei Millionen, darunter ein Großteil Frauen, durchaus im Bereich des Möglichen sein könnte.

Technische Entwicklungen können anscheinend schon aus Gründen internationaler Konkurrenz selbst dann nicht gebremst werden, wenn sie auf Dauer auch gefährliche Auswirkungen mit sich bringen. Neben Prognosen technischer Art stehen weitere, die aus anderen Gründen ein baldiges Ende der „sieben fetten Jahre“ ständigen Wachstums voraussagen. So kann für die Bürger unseres Landes ein bescheideneres Leben in Aussicht stehen – eine Wende, die Viele, besonders auch Angehörige der alternativen jungen Generation, längst für fällig halten. In diesem Sinne betont der Nationalökonom Professor H. D. Ortlieb seit Jahren:

„Wir Menschen sind als Art seit Tausenden, ja seit Millionen Jahren körperlich und seelisch auf ‚Not‘ programmiert, das heißt auf das Gegenteil von Freiheit und Wohlleben, auf Hunger, Kälte, körperliche Anstrengungen und Gefahren. Wir sind also von Natur darauf angelegt, unter Zwang und Bedrängnis zu leben und alles zu tun, um uns diesen Zustand vom Halse zu schaffen. Es bekommt uns aber nicht, ohne diese Auseinandersetzung zu leben. Wenn wir auch völlig legitim Freiheit und Wohlstand zu obersten Zielen erheben, so dürfen wir sie nie vollständig und auf längere Zeit erreichen, weil sie dann wie Mittel des Rausches und der Einschläferung für uns existenzgefährdend werden. Die Geschichte liefert eine Fülle von Beispielen, wie privilegierte Völker und Schichten an zuviel Freiheit und Wohlstand zugrunde gingen ...“ **

Gerade im Hinblick auf ein künftiges, einfacheres Leben wird die Dringlichkeit der Besinnung auf das Glück des All-

---

* Adam Schafft (Hrsg.), Auf Gedeih und Verderb, 1981.
** C. Meves / H. D. Ortlieb, Die ruinierte Generation, Herderbücherei Band 910, Freiburg 1982.

tags deutlich. In einer Zeit wirtschaftlicher Unsicherheit gewinnt die Zusammenarbeit für die Existenzsicherung besondere Bedeutung. Das Glück der Kinder, das heißt ihre gesunde Entwicklung, sollte dabei eine bestimmende Rolle spielen. Voraussetzungen und Herzstück jedes Glückes, „unwandelbar im Wandel der Zeit“ bleibt die feste Bindung zwischen den Partnern. Matthias Claudius hat seiner Frau zur Silberhochzeit die tiefste Quelle des einfachen Glücks, auch noch für unsere Zeit überzeugend in die folgenden Worte gefaßt:

„Ich danke Dir mein Glück, mein Alles in dem Leben,
Ich war wohl klug, als ich Dich fand –
Doch fand ich nicht: Gott hat Dich mir gegeben,
So segnet keine andre Hand.“

Wenn Mann und Frau nach fünf, zehn, zwanzig und mehr Jahren des Zusammenlebens und Zusammenarbeitens so zueinander sprechen können – das ist Glück.

Literaturverzeichnis

Dieses Buch dient keinem wissenschaftlichen Zweck, sondern der allgemeinverständlichen Unterrichtung. Darum wurde darauf verzichtet, bei jedem Zitat im Text die Quelle genau anzugeben. Die benutzte und weitere einschlägige Literatur ist nachfolgend aufgeführt und wird zur Vertiefung der im Buch angesprochenen Themen empfohlen.

Badinter, Elisabeth: Die Mutterliebe, München 1981.
Baehrle, Ida Maria: Neuer Start mit 35, Freiburg 1979.
Beauvoir, Simone de: Das andere Geschlecht, Reinbek 1968.
Bebel, August: Die Frau und der Sozialismus, Berlin 1977.
Beuys, Barbara: Familienleben in Deutschland, Reinbek 1980.
Block, Irene u. a.: Das unsichtbare Tagwerk, Reinbek 1980.
Bronnen, Barbara: Mütter ohne Männer, Reinbek 1980.
Conrad, Klaus: Der Lebensanfang als Lebensentscheidung, Bensheim 1982.
Conrad, Klaus (Hrsg.): Eine Gesellschaft verdirbt ihre Kinder, Heidelberg 1982.
„Die Familie", Zeitschrift des Dt. Familienverbandes, Bonn 1982.
Die Wirklichkeit der Frau, Kirche und Mann, Bielefeld 1980.
Flad-Schnorrenberg, Beatrice: Der wahre Unterschied, Freiburg 1978.
Grass, Günter: Kopfgeburten, Darmstadt und Neuwied 1980.
Green, Maureen: Die Vaterrolle, Reinbek 1977.
Gross, Werner: Was erlebt ein Kind im Mutterleib? Freiburg 1982.
Hassenstein, H. und B.: Was Kindern zusteht, München 1978.
Höhler, Gertrud: „Die Welt", Hamburg, Oktober 1981.
Illies, Joachim: Adolf Portmann, Freiburg 1981.
Kloehn, Ekkehard: Die neue Familie, Hamburg 1982.
Koch, Rüdiger: Berufstätigkeit der Mutter und Persönlichkeitsentwicklung des Kindes, Köln 1975.
Liedloff, Jean: Auf der Suche nach dem verlorenen Glück, München 1980.
Luther, Martin: Vom ehelichen Leben, Stuttgart 1978.
Lux-Flanagan, Geraldine: Die ersten neun Monate des Lebens, Reinbek 1978.
Mead, Margaret: Mann und Weib, Reinbek 1972.
Meves, Christa: Antrieb – Charakter – Erziehung, Zürich 1977.
Meves, Christa: Kinderschicksal in unserer Hand, Freiburg 1977.
Meves, Christa und H. D. Ortlieb: Die ruinierte Generation, Freiburg 1982.
Mitscherlich, Alexander: Auf dem Weg in die vaterlose Gesellschaft, München 1963.
Moltmann-Wendel, Elisabeth: Ein eigener Mensch werden – Frauen um Jesus, Gütersloh 1980.

Pross, Helge: Die Wirklichkeit der Hausfrau, Reinbek 1975.
Pross, Helge: Die Männer, Reinbek 1978.
Pross, Lehr, Süssmuth: Emanzipation und Familie, Hannover 1981.
Rocholl-Gärtner: Mutterschaft – eine Zumutung? Freiburg 1978.
Schafft, Adam u.a.: Auf Gedeih und Verderb, Mikroelektronik und Gesellschaft, Wien 1982.
Schaefer, Hans: Kind – Familie – Gesellschaft, Heidelberg 1977.
Scheidt, Jürgen: Singles, Allein leben. München 1981.
Schetelig, Horst: Entscheidend sind die ersten Lebensjahre, Freiburg 1980.
Sichtermann, Barbara: Vorsicht, Kind, Berlin 1982.
Sigmund, Georg: Die Stellung der Frau in der Welt von heute, Stein am Rhein 1981.
Stölzl-Gumppenberg: Die entscheidenden ersten Lebensjahre, Bensheim 1982.
Sullerot, Evelyne: Die Wirklichkeit der Frau (Hrsg.), München 1979.
Wagnerovà, Alena: Mutter – Kind – Beruf, Reinbek 1976.
Wiegmann, Barbelies: Das Ende der Hausfrauenehe, Reinbek 1980.
Wolff, Hanna: Jesus der Mann, Stuttgart 1975.